Michael Schönberg

AF221937

Deine Schuld
wird nie vergessen

Bibliografische Information der Nationalbibliotheken:
Die Deutsche Nationalbibliothek verzeichnet diese
Publikation in der Deutschen Nationalbibliografie.

Impressum:

2. Auflage Juli 2021
Copyright © 2018 Michael Schönberg
Alle Rechte vorbehalten.
Herstellung und Verlag: BoD – Books on Demand, Norderstedt
Autor: Michael Schönberg
Covergestaltung: Wine van Velzen
Lektorat / Korrektorat: M. Schönberg
ISBN: 978-3754-3143-02

Deine Schuld wird nie vergessen

Nicht schon wieder.
Doch, da war es wieder. Das Verkehrsproblem, in Form eines Müllwagens. Eigentlich hätte es Reinhard besser wissen müssen. Es war Mittwoch, kurz vor acht, und er fuhr auf der Reichswaldallee im Stadtteil Düsseldorf - Oberrath. Er weiß nicht, wie oft er diesen Müllwagen schon vor sich hatte und er seine Fahrt zum Stocken brachte. Er kannte mittlerweile die Gesichter der Männer, die dort die Tonnen bereitstellten oder nach deren Entleerung wieder auf den Gehweg stellten. In seiner Tagesplanung hatte er den Mittwoch, wie so oft, nicht berücksichtigt. Reinhard schwebte nach Höherem und konnte und wollte sich nicht mit Nebensächlichkeiten befassen.

Deshalb stand er jetzt mehr, als dass er fuhr. Dabei fuhr er einen Porsche Macan. Sicherlich nicht, um hier die Zeit zu vertrödeln.
Häuser und Wohnungen interessierten ihn. An- und Verkauf. Dazwischen lag sein Gewinn. Davon und dafür lebte er. Die Geschäfte liefen nicht immer gut, doch sie hatten ihr Auskommen.

Sie, das waren er, seine Frau Silke und die beiden Töchter Lena und Vanessa. Silke richtete den Haushalt, hielt das Haus sauber und kümmerte sich um die Erziehung der Kinder. Mit 10 und 12 Jahren waren die beiden Mädchen Aufgabe genug. Lena besuchte schon das Carl Richard von Weizsäcker Gymnasium. Nicht weit entfernt von ihrem Zuhause, das in Ratingen Ost stand. Vanessa würde ihr bald folgen können, da sie in der Grundschule sehr gute Noten hatte.

Silke Winkler hatte ihren Beruf schon kurz nach ihrer Heirat mit Reinhard aufgegeben. Ein Arrangement was beide als sehr angenehm empfanden. Sie kümmerte sich um alles, was in einem Haushalt zu tun war. Hausarbeit, Kindererziehung und Gartenarbeit. Mit alldem hatte Reinhard nichts zu tun. Dafür war er der Mann, der das Geld nach Hause bringt. Sie war glücklich mit dieser *Arbeitstaufteilung*. Welche Ehefrau kann schon an einem Wochentag morgens, nachdem Mann und Kinder aus dem Haus sind, sich die Zeit nehmen, um einen Friseurtermin wahrzunehmen oder einen Stadtbummel zu machen. Das Kosmetikstudio aufsuchen oder sich mit einer Freundin zum zweiten Frühstück treffen. Da sie eine kaufmännische Ausbildung besaß und ein paar Jahre in einer Buchhaltung tätig war, übernahm sie den gesamten Papierkram im Haushalt von Familie Winkler. Dazu gehörten Kaufverträge, Rechnungen und die sonstige Buchhaltung eines selbstständigen Maklers.

Reinhard studierte in jungen Jahren BWL und nebenbei noch Grundstück und Wohnungswesen. Sein makelloser Leumund verhalf ihm dann, den Sprung in die Selbstständigkeit eines Maklers zu schaffen. Erst später viel ihm auf, dass ein Makler auch makellos sein musste. Eigentlich nur ein Zufall, denn ein Makler ist ein Macher. *Maken = Geschäfte machen* und kommt aus dem Norddeutschen.

Reinhard war stolz, schon ziemlich oben an der Erfolgsleiter angekommen zu sein. Sein selbstsicheres Auftreten und seine gesetzte Figur, ließen ihn seriös wirken. Er war mit seinen 38 Jahren zufrieden mit seinem Leben.

Hier und da würde er sich bessere Abschlüsse wünschen, wer wollte das nicht. Gar nicht so gut fand er, und nicht nur er, sondern auch Silke, wenn er ein Projekt in den Sand setzte. Verluste konnte man sich in dieser Branche nicht sehr oft leisten. Auch wenn er einige Reserven besaß, so waren die Summen oft größer als das, was sein

Geschäftskonto auswies. Die Bank spielte mit, da sie die Schwankungen gewohnt waren.

Außerdem gab es ja noch das Konto seiner Frau. Dahin überwies er die Gewinne aus den Verkäufen und die Provisionen aus den Vermittlungen. Die er immer dann forcierte, wenn die großen An- und Verkäufe nicht so liefen, wie er gedacht hatte. Ein Zubrot für schlechte Zeiten, wie er es nannte. Silke hielt es für besser, wenn er sich mehr darauf konzentrieren würde. Kleines, aber stetiges Einkommen waren ihr lieber als diese Risikogeschäfte. Sah sie doch oft genug, was sie am Ende verdient hatten und das trug nicht dazu bei, dass ihr Haar dunkel blieb. Wer möchte schon mit 37 ergrauen? Würde zu ihrer ansonsten sportlichen Figur und dem jugendlichen Aussehen auch gar nicht passen.

Heute Morgen stand der Verkauf eines Einfamilienhauses an, was er unbedingt loswerden wollte. Schon fast ein Jahr suchte er dafür einen Käufer. Obwohl in guter Gegend gelegen, war es wegen dem schlechten Zustand nur schwer an den Mann zu bringen. Die neuen Eigentümer müssten einiges renovieren. Der gesamte Dachstuhl wäre zu erneuern, ebenso die Fenster. Die Elektrik entsprach schon lange nicht mehr den heutigen

Anforderungen. Alles in allem, fast eine Kernsanierung.

Die damaligen Besitzer, ein älteres Ehepaar, besaßen nicht die Mittel, um das Haus auf den neuesten Stand zu modernisieren. Nachkommen gab es keine, die sich hätten einbringen können. Nachdem der Mann verstorben war, entschloss sich die Frau des Hauses, in ein Seniorenheim zu gehen. Dafür benötigte sie Geld, denn es sollte ein privates Heim sein. Und sie wusste auch schon, in welches sie einkehren, sich einkaufen wollte. *Haus zum Wald* hieß das ausgesuchte Altenheim und lag direkt am Grafenberger Wald.

Die alte Dame benötigte deshalb sofort Geld, um die Wohnung zu bezahlen.

Kredite oder gar Ratenzahlungen lehnte die Einrichtung grundsätzlich ab. Nach dem Ableben der Bewohner ging das Appartement wieder in den Besitz des Altenheims, einer privaten Stiftung. Deshalb war der Kaufpreis eines Domizils nicht so hoch, wie in anderen Häusern.

Es gab eine ärztliche Versorgung, eigene Küche und sogar einen Wellness-Bereich, der auf die Bedürfnisse von älteren Menschen abgestimmt war. Das Personal war fürsorglich und das Haus hatte einen sehr guten Ruf. Dass sie besonders gerne Leute aufnahmen, die keine Angehörigen mehr hatten, lag an der Einfachheit nach deren ableben.

Für Reinhard war das Projekt keine große Sache, dachte er doch an einen schnellen Weiterverkauf. Das Reihenhaus lag in guter Lage und wies nach hinten einen schönen Garten aus. Ein Grundstück im Stadtteil Unterrath ist heute kaum noch zu ergattern. Umso mehr freute es ihn, dass er es war, mit dem die Dame das Geschäft abschloss. Ein Schnäppchen. Jedenfalls dachte das Reinhard, als er der Dame im Beisein eines Notars den Kaufpreis überwies. Der größte Teil ging an das neue Domizil der Dame. Der Rest auf das Konto ihres Menschen des Vertrauens, der in Zukunft die Geschäfte für sie erledigen sollte. Ein privater Betreuer, den das Heim ihr empfohlen hatte.

Das, was die Frau nicht in ihr neues Domizil mitnehmen konnte oder wollte, wurde durch eine Entsorgungsfirma aus dem Haus entfernt. Da einige der Sachen einen antiken Wert aufwiesen, entstanden Reinhard keine Kosten für diese Räumung. Eigentlich hätte er sogar noch Geld herausbekommen sollen, doch durch *Mehraufwendungen* an Arbeitszeit blieb nichts übrig. Er war froh, dass sie das Haus komplett geleert hatten, und verzichtete so, auf den kleinen Gewinn. Hier war genug an Haus und Grundstück zu holen. So seine Meinung, als er das Haus erwarb.

Am Ende einigte er sich mit einem Berufskollegen, der das Haus dann auch kaufte. Allerdings nicht zu dem Preis, den Reinhard sich erhofft hatte. Anstelle von einem gedachten Gewinn von guten 120.000 Euro wurden es nur 80.000 Euro. Er stimmte dem letzten Gebot des Kollegen zu, weil er dringend Geld benötigte. Andere Projekte standen an und zu viele Kredite schmälerten die Gewinne. Die einzige, die dann Erlöse machte, war seine Bank.

Der neue Besitzer deutete an, dass er das Haus wirklich Kernsanieren würde. Umbauen in Einzelzimmer zur Vermietung an Messebesucher. Das Haus lag nicht weit vom Messegelände und nicht weit vom Flughafen entfernt. Acht Zimmer, jedes für hundert Euro pro Nacht, wenn die Menschen während der Messeveranstaltungen Übernachtungsmöglichkei-
ten suchten. 80 Euro sollte es kosten, wenn keine Veranstaltungen in der Nähe stattfanden. Einzig Bettwäsche und Handtücher würden gestellt. Wer nun das große Geld bei diesem Projekt machte, war schnell erkennbar.
Reinhard kalkulierte mit 600 € täglich und kam so auf eine Vermietungssumme von 18.000 € im Monat. Er hörte auf, weiter zu rechnen. Warum ist ihm das nicht eingefallen?

Seiner Frau erzählte Reinhard nicht, was der Käufer aus dem Haus machte. Es war schwer genug, ihr mitzuteilen, dass der große Gewinn mal wieder ausblieb.

Der Stau hinter dem Müllwagen wurde immer länger. Da auf der Gegenfahrbahn auch viel Verkehr war, schaffte es kein Wagen, den Müllkutscher zu überholen.

War da nicht eine Umgehungsstraße, fragte sich Reinhard, dem die Zeit weglief. Er erinnerte sich an eine Vollsperrung der Straße im letzten Jahr. Da wurde der gesamte Verkehr umgeleitet. Damals hatte er geflucht, weil auf dieser Umgehungsstraße 30 km/h galt. Doch jetzt könnte die ihm helfen, das orangene Monster zu überholen. Er konnte die Abfahrt schon sehen. Nur wenige Autofahrer bogen dort ab. Ein Indiz, dass diese Straße kaum bekannt war.

Gut so, dann ist da auch nicht so viel Verkehr.

An der besagten Möglichkeit bog er ab und am Ende der kleinen Abbiegerstraße direkt wieder rechts. Nun war er parallel zur Hauptstraße.

Eitelstraße las er auf dem Straßenschild.

Genau, Eitelstraße, fiel ihm wieder ein. Jetzt musste er nur noch bis zum Ende durchfahren und dann wieder links. So kam er zur Oberratherstraße, in die

die Reichswaldallee mündete und der Müllwagen war dann hoffentlich Geschichte.

In diesem Wohngebiet lebten Leute, die nahe der Stadt wohnen wollten, jedoch außerhalb von Lärm und Stadtrummel. Häuser, die das Wort Haus auch wirklich verdienten. Ja, viele Prachtbauten lagen links und rechts, zum Teil hinter hohen Hecken. Die, die hier wohnten, wussten, dass sie reich sind, sie hatten es nicht nötig es auch noch zu zeigen. Als prominentester Anwohner wäre ein ehemaliger Oberbürgermeister zu nennen.

Langsam drängte der Termin und Reinhard sah zu, dass er weiterkam.
Er sah das Schild: *Durchfahrt verboten. Anlieger frei.*

»Ich bin doch Anlieger, schließlich habe ich ein Anliegen«, sagte er zu sich selbst und fuhr weiter. Da kein weiterer Wagen in Sicht war, fuhr er in der 30ger Zone auch ein wenig schneller. Der Kreisverkehr nahm ihm das Tempo wieder weg. Den hatte er vergessen. Doch er war sich sicher, den Müllwagen trotzdem zu schaffen, auch wenn einiges dagegen sprach. Schließlich war am Ende auch noch eine Ampel zu bewältigen, um wieder auf die Hauptstraße zu gelangen.

Da er das Seitenfenster offen hatte, hörte er Schreie:

»*Nein Daniel, Nein*!«

Reinhard bremste ab, warum jemand schrie, wusste er nur eine Sekunde später.

Ein Knall ließ ihn aufschrecken und er sah kurz eine kleine Gestalt durch die Luft fliegen. Vollbremsung und danach aus dem Wagen waren fast eins.

Als er ausstieg, sah er das Unglück. Ein kleiner Junge lag auf der Fahrbahn. Durch den Aufprall ca. einen Meter weit vor seinem Wagen. Er rannte hin und sah, dass der Kleine schwer verletzt war. Sofort rief er den Notarzt. Eine Frau stürzte hinzu und rief immer wieder den Namen *Daniel*.

Zurück zum Auto und Verbandszeug holen, dachte Reinhard und machte sich auf den Weg. Zwei weitere Frauen waren an den Ort des Geschehens geeilt. Eine hatte ein Kind an der Seite und ging schnell wieder weg. So ersparte sie ihrem Nachwuchs den Anblick des verletzten Jungen.

Der Junge wollte mehr sehen, doch die Mutter zog ihn energisch weiter.

Es war das Kind, zu dem Daniel laufen wollte, weil es ein Schulkamerad von ihm war.

Reinhard riss die Erste-Hilfe Tasche auf und wollte etwas tun, doch er wusste nicht genau, was er machen sollte.

Die Frau hatte ihre Strickjacke ausgezogen und dem Kleinen unter den Kopf gelegt. Blut ran aus dem dichten Haar und Blut kam auch aus seinem Mund. Das sah nicht gut aus für das Kind, das wohl Daniel hieß.

Reinhard wurde flau in der Magengegend. Noch nie hatte er einen Unfall, noch nicht einmal ein Knöllchen konnte er sein eigen nennen. Und nun ist das Schlimmste eingetreten, was einem Autofahrer passieren kann. Er hatte ein Kind angefahren!
Reinhard hatte zwei Frauen am Straßenrand gesehen, doch den kleinen Jungen nicht.
Hilflos stand er mit seinem Rettungstäschchen an der Unfallstelle und war erleichtert, als er die Sirene des Rettungswagens hörte. Kaum drei oder vier Minuten waren vergangen, als der Wagen auch schon zu sehen war.

Später stellte sich heraus, dass der Wagen gerade einen Kranken im nahe gelegenen Augusta-Krankenhaus abgeliefert hatte und sich auf der Rückfahrt zur Zentrale befand, als er den Notruf zugeordnet bekam. Nur deshalb konnte er so schnell an der Unfallstelle sein. Auch der Notarzt war direkt vom Krankenhaus zur Unfallstelle gefahren, so dass die ersten Hilfsmaßnahmen eingeleitet wurden.

Die Sanitäter und der Arzt kümmerten sich sofort um den Jungen, der dann nach kurzer Zeit auf einer Trage in den Krankenwagen gerollt wurde. Einer der Rettungshelfer betreute die Mutter, während die Sanitäter und der Notarzt im Wagen um das Leben des Jungen kämpften.

Ingrid Born versuchte immer wieder, zu ihrem Sohn in den Wagen zu kommen, doch der Sanitäter hielt sie davon ab.

»Ich bin seine Mutter. Er braucht mich jetzt. Lassen Sie mich zu ihm!«

Der Helfer redete beruhigend auf sie ein, hielt sie am Arm fest.

»Daniel, Daniel, deine Mama ist hier!«

Reinhard Winkler bekam eine Gänsehaut, als er die Mutter herzzerreißend nach ihrem Sohn schreien hörte.

»Bitte, das geht jetzt nicht. Sobald ihr Kind stabil ist, können sie zu ihm. Bitte, beruhigen sie sich, so helfen Sie Ihrem Sohn am besten. Der Arzt ist bei ihm, haben sie noch ein wenig Geduld«, erklärte der Rettungshelfer der Frau, die in Tränen aufgelöst vor ihm stand und am ganzen Leib zitterte.

Ein Polizist auf einem Motorrad war auch recht schnell vor Ort. Der sicherte die Unfallstelle erst mal ab. Ihm folgte ein Streifenwagen und zwei weitere Polizeibeamte nahmen die Untersuchungen auf. Fotoapparat und Kreide kamen zum Einsatz. Reinhard hatte sich in sein Auto gesetzt und versuchte, das Geschehene zu verarbeiten.

»Wo kam denn der Junge her? Zwei Frauen ja, aber kein Kind. Ich hätte doch sofort gebremst, wenn ich den Kleinen gesehen hätte«, murmelte er völlig verzweifelt vor sich hin.

Reinhard hatte selbst zwei Kinder und er wusste, dass die unberechenbar sein könnten. Er passte immer auf, wenn er Kinder am Straßenrand sah, doch hier hatte er nichts gesehen. Nichts deutete auf ein Kind hin.

»Sie sind der Fahrer des Wagens?«
Reinhard schreckte hoch und sah einen Polizisten, der ihn mahnend ansah.

»Ja, das bin ich«, und nach einer kurzen Pause: *»Ich habe den Jungen nicht gesehen. Verstehen Sie? Ich habe ihn nicht gesehen.«*
Seine Verzweiflung kam voll zum Ausdruck.

Leid, er hatte einem Kind Leid zugefügt. Je Bewusster ihm das wurde, was eben geschehen war, umso tiefer sackte er in sich zusammen. Unsagbare Verzweiflung tat sich auf. Fast fing er an zu weinen.

Das Gesicht des Polizisten verwandelte sich in ein mitleidendes Mienenspiel.

»*Ganz ruhig bitte, bleiben Sie ganz ruhig. Das sind jetzt nur die normalen Formalitäten, die ich aufnehmen muss.*«

Der Beamte sah, wie die Gesichtsfarbe des Fahrers immer blasser wurde, deshalb fragte er:

»*Brauchen Sie ärztliche Hilfe?*«

Reinhard sah den Mann an und wusste nicht, was der meinte. Er war doch nicht das Unfallopfer, sondern der kleine Junge.

»*Nein, es geht schon. Es ist nur alles so schrecklich, wissen Sie. Ich hatte noch nie einen Unfall. Schon gar nicht mit einem Kind. Einem kleinen Jungen.*«

»*Bitte geben Sie mir mal Ihren Führerschein und Ihre Fahrzeugpapiere.*«

Mit zittrigen Händen versuchte Reinhard, die Papiere aus seiner Mappe zu entnehmen. Doch er schaffte es nicht und gab dem Beamten die ganze Mappe.

»*Sie sind Herr Reinhard Winkler?*«

»*Ja, das bin ich*«.

»*Die Adresse Schwarzbachstraße 24 ist noch gültig?*«

»*Ja.*«

»*Haben sie Alkohol getrunken*«.

»*Nein, habe ich nicht.*«

»*Ich muss Sie trotzdem bitten, mal auszusteigen und mit mir zu kommen. Wie ich schon anfangs sagte, alles reine Routine Maßnahmen, bei einem Unfall mit Unfallopfer.*«

Reinhard stieg aus und bemerkte, dass ihm der Kreislauf zu schaffen machte.

Im ersten Moment dachte der Beamte: »*Hoppla, da ist wohl einer noch mit viel Restalkohol unterwegs*«, bis er bemerkte, dass es wohl doch nur die Auswirkungen des Geschehens waren.

»*Langsam Herr Winkler. Bitte langsam. Komme Sie, ich stütze Sie ein wenig.*«

Der Beamte hielt Reinhard am Arm und führte ihn zum Polizeifahrzeug. Das Gerät für die Überprüfung, wie viel Alkohol, ein Mensch in seinen Atemwegen hat, zeigte null an. Der Beamte notierte diesen Wert auf dem Blatt, das er weiter ausfüllte.

Das Martinshorn des Krankenwagens ließ alle aufschrecken. Der Wagen benötigte einige Zeit, um zu drehen und dann in Richtung Augusta-Krankenhaus zu fahren. Die Sirene dröhnte nicht nur in Reinhards Ohren. Alle Beteiligten ahnten, warum Eile geboten war.

In der Zwischenzeit markierte ein Beamter die Bremsspur von Reinhards Wagen. Mit einem Bandmaß wurde die Länge der Spur gemessen. Auch die Höhe der Stoßstange war von Bedeutung. Die Stelle, wo der Kleine mit dem Wagen zusammenstieß und wo er danach zum Liegen kam.

Zum ersten Mal verfluchte Reinhard seinen Porsche. Ein Bollwerk und Kraftpaket von einem Auto, auf das er bis eben so stolz war.

»Herr Winkler, bitte schildern Sie den Unfallhergang, so gut Sie können.«

Reinhard versuchte, sich zu konzentrieren.

»Ich bin die Straße entlanggefahren und auf einmal bemerkte ich einen Aufprall. Dann lag der Junge auch schon auf der Straße. Ich habe ihn nicht gesehen. Er muss zwischen den Autos hervorgesprungen sein, die dort parken«, und zeigte auf die Wagen an der rechten Straßenseite.

»Wie schnell fuhren Sie?«

»Ich denke, es waren 30 maximal 32. Die Straße ist doch eine 30ger Zone und da vorne ist doch auch der Kreisverkehr. Da ist es so eng, da kann man gar nicht schneller fahren.«

Er war sich sicher, dass er nicht zu schnell gefahren sei.

»30zig, nicht schneller. Nein nicht schneller« wiederholte er mehrmals seine Aussage.

»Herr Winkler, Sie wohnen in Ratingen, wieso waren Sie auf dieser Straße unterwegs?«

»Ich wollte den Müllwagen überholen. Ich hatte es eilig und dachte, dass ich das machen könnte, wenn ich diese Parallelstraße benutze.«

»*Sie wollten was?*«, fragte der Beamte nach und man sah ihm an, dass er nicht wusste, von was der Mann sprach.

»*Auf der Reichswaldallee fuhr ein Müllwagen und hielt den Verkehr auf. Ich habe … ähm, ich … ich hatte einen wichtigen Termin und weil auch zu viel Gegenverkehr war, konnte man den auch nicht überholen. Und da ist mir diese Straße eingefallen. Sie war mal Ausweichstraße als die Reichswaldallee gesperrt war.*«

»*Dass das eine Straße nur für Anlieger ist, wissen sie oder?*«

»*Nein, das weiß ich nicht. Ich kannte diese Straße nur als Umleitungsstraße. Dass sie nur für Anlieger ist, wusste ich nicht.*«

»*Das heißt, Sie behaupten, dass Sie das Verbotsschild - Gesperrt, anliegerfrei -« nicht gesehen haben?*«

»*Nein, ich meine Ja, ich habe das Schild nicht gesehen?*«

»*Aber das Schild für die Geschwindigkeitsbegrenzung haben sie gesehen?*«

»*Nein, das Schild habe ich auch nicht gesehen. Aber die Bemalung auf der Straße. Und da habe ich mich daran erinnert, wie langsam wir damals hier fahren mussten, als die Allee gesperrt war.*«

»*Herr Winkler, wenn ich sie richtig verstanden habe, dann wussten Sie nicht, dass dies eine Anliegerstraße ist, die für den Durchfahrtsverkehr gesperrt ist?*«

»*Ja, das sagte ich Ihnen doch.*«

»*Bitte Antworten Sie nur mit Ja oder nein.*«

»*Also Nein, oder wie war die Frage noch mal?*«
»*Ob sie wussten, dass dies eine Anliegerstraße ist, die für den Durchgangsverkehr gesperrt ist?*«
»*Nein.*«
»*Sie haben das Schild -Nur für Anlieger- nicht gesehen?*«
»*Nein.*«
»*Sie haben das Schild -30ger Zone- nicht gesehen?*«
»*Nein.*«
»*Herr Winkler, damit haben wir erst mal alle Informationen, die wir zu diesem Zeitpunkt benötigen. Sie werden in den nächsten Tagen eine Aufforderung bekommen, sich im Polizeirevier Mörsenbroich zu melden. Das ist auf der Wilhelm Rabe Straße. Bitte warten Sie aber noch einen kleinen Moment. Ich frage mal bei dem Kollegen nach, ob Sie den Wagen bewegen dürfen, um weiterzufahren.*«

Der Beamte ging weg und nach kurzer Absprache lag einer Weiterfahrt von Herrn Winkler nichts mehr im Wege. Die Polizisten vernahmen nun auch die beiden Frauen, die unmittelbar an dem Unfallgeschehen beteiligt waren. Ingrids Nachbarin und die Frau mit ihrem Sohn von der anderen Straßenseite.

Eine kurze Vernehmungspause hatte Reinhard genutzt, um dem Käufer des Hauses die Situation zu schildern, und er dadurch den Termin nicht einhalten könnte. Der Mann sprach ihm sein Bedauern aus und zeigte sich auch sonst sehr verständnisvoll.

»Das ist überhaupt kein Problem Herr Winkler. Ich habe für heute sowieso keinen anderen Termin eingeplant. Sagen sie mir Bescheid, wann sie beim Projekt sind, dann komme ich dahin. Und bitte ohne Eile.«

Reinhard wurde klar, seine Hetze war völlig umsonst gewesen. Er hätte auf der Hauptstraße bleiben können und die Umgehungstrasse nicht benutzen müssen. In seinem Herzen brannte es lichterloh.

Dass alles erzählte er natürlich nicht dem Beamten. Es war ihm klar, dass er das niemandem erzählen wird. Nicht jetzt und auch nicht in Zukunft.

Der Arzt hatte der Mutter erlaubt, mit in den Krankenwagen zu steigen, bevor sie in Richtung Klinik fuhren. Ihm war klargeworden, dass er dem Jungen nicht mehr helfen konnte. Die letzten Minuten seines noch so jungen Lebens, sollte er an der Seite seiner Mutter verbringen. Auch wenn ihm klar war, dass der das nicht mitbekam. Oder doch? Die Kopf- und die inneren Verletzungen waren zu schwer, um das zu überleben.

Die Mutter saß an der Seite ihres Kindes und hielt dessen Hand. Die andere streichelte über den Kopf, der fast vollständig in Verbänden steckte.

Am Krankenhaus angekommen, wurde der Junge sofort in den OP gebracht. Nun musste die Mutter wieder warten. Warten auf eine Nachricht. Auf die Einzige, die sie akzeptieren würde.

Nach unsagbar langen Minuten öffnete sich die Tür vom OP. Wie der Arzt auf sie zukam, wusste sie, es war ein Nein, ein NEIN, was sie hören würde.

Ein NEIN zum Leben ihres Jungen. Ohne dass der Arzt ein Wort sagte, sank die Mutter zu Boden.

Als Ingrid ihre Augen öffnete, sah sie ihren Mann und eine Schwester.

»Was ist passiert, wo ist Daniel? Daniel! Ich muss zu ihm«, und schon wollte sie aufstehen.

»Ingrid, Daniel hat es nicht geschafft. Seine Verletzungen waren zu schwer.«

»Nein, das darf nicht sein. Bitte nicht. Sag mir Jürgen, dass das nicht stimmt. Bitte.«

Ihr Ehemann sah sie an, sagte aber kein Wort. Was sollte er sagen. Konnte er doch selbst nicht fassen, was geschehen war. Tränen liefen ihm die Wangen hinunter. Er setzte sich auf die Bettkante von Ingrids Bett, zog sie zu sich und nahm ihre Hände in die seinen. Tiefer Schmerz überkam die beiden.

Die Krankenschwester konnte angesichts dieses Leidens kaum ihre Tränen zurückhalten. Sie verließ das Zimmer in denen zwei Menschen saßen, die das Schicksal so hart prüfte.

»*Ich bin schuld. Ich bin schuld*«, kam es nach einer Weile schluchzend aus Ingrids Mund.
»*Wieso bist du schuld? Es war ein Unfall, Ingrid. Ein tragischer Unfall.*«
»*Ja es war ein Unfall. Aber ich bin schuld. Ich war es, der Daniel zur Eile angetrieben hatte.*«
Sie erinnerte sich nur zu genau an den heutigen Morgen…

»*Daniel, trödle nicht schon wieder. Wir müssen zur Schule. Du kannst heute Mittag mit deinen Steinen weiterspielen. Komm jetzt.*«
Sie wollte zum Friseur, hatte um 8.30 Uhr einen Termin. Die Friseuse kam extra früher, da sonst kein Termin mehr frei war. Nun wollte sie natürlich nicht zu spät kommen. Nur schneiden und legen. Die Spitzen ihrer inzwischen schon schulterlangen Haare, mussten geschnitten werden. Heute Abend stand eine Einladung bei Freunden an, da wollte sie doch nicht mit zotteligem Haar auftauchen. Sie ließ sich aus einer Laune heraus das Haar wieder wachsen. Jürgen gefiel es und ihr auch. Mal sehen wie lange. Er hatte sie ja mit langen Haaren

kennengelernt. Zur Geburt von Daniel wurden sie abgeschnitten. Pflegeleicht eben. Doch nun wollte Ingrid sie wieder lang haben, aber eben ordentlich geschnitten und gelegt.

Nur mit Widerwillen beugte sich der Kleine dem Willen der Mutter. Er stand auf und zog sich seine Schuhe an. Die mit den Schnürsenkeln. Ja, Daniel konnte sich schon lange selbst die Schuhe binden. Darauf war er auch mächtig stolz. Manchmal half er in der Schule anderen, die das noch nicht konnten. Überhaupt, war er in einigen Dingen seinen Mitschülern voraus.

Ingrid war klar, hätte sie ihn heute Morgen nicht gedrängt, so wäre er wahrscheinlich noch am Leben. Dabei ging es doch nur um ein, zwei Minuten. Wären sie nur zwei Minuten später von Zuhause weggegangen, wäre das Auto schon vorbei gewesen und Daniel könnte gleich mit seinen Legosteinen weiterspielen. Und zum Friseur hätte sie es auch noch geschafft.

Jürgen sagte nichts. Er kannte noch nicht alle Umstände und den Hergang des Unfalls. Das Einzige, was er wusste, war die Tatsache, dass sein Sohn, ihr Sohn, tot war. Warum war nicht wirklich wichtig. Es war eine Tatsache und nicht umkehrbar.

Tatsachen muss man annehmen. Nur so kann man darauf entsprechend reagieren.

Wie oft hatte er nach dieser Devise gelebt und anderen es so vermitteln wollen. Nun hatte er eine *Tatsache* und wünschte sich so sehr, dass er zweifeln könnte, um es dann auch ändern zu können.

Das Ehepaar wurde von einer Schwester in das kahle Krankenzimmer gebracht, in dem ihr Sohn lag. Beide weinten. Weinten ihre Seelen heraus. Hier lag ihr ganzer Sinn des Lebens und ohne Leben ist die Seele tot.

Gegen Mittag kam ein junger Arzt und erklärte, dass der Junge nun nach unten gebracht wird. Er benutzte bewusst nicht das Wort *Leichenhalle*. So viel hatte er schon gelernt. Es war schon das dritte Mal, dass seine erfahrenen Kollegen ihn mit dieser Aufgabe betreuten. Lehrjahre sind keine Herrenjahre. Das gilt auch für junge Ärzte.

»Sie wissen was zu tun ist?«, leise und bedächtig sprach er in den Raum, ansehen konnte er die beiden dabei nicht.

»Ja, wir sagen einem Beerdigungsunternehmen Bescheid. Danke für alles«, murmelte Jürgen. Ingrid starrte auf den Leichnam ihres Sohnes, sie bekam nicht mit, dass ihr Mann mit dem Arzt sprach.

Der Mediziner ging ohne ein weiteres Wort aus dem Raum.

Jürgen deckte den Körper und auch das Gesicht seines Sohnes mit der weißen Decke ab. Doch Ingrid zog das Laken wieder vom Gesicht herunter. Sie streichelte zum wiederholten Mal Daniels Stirn und küsste ihn sanft auf den Mund.

»Bald bin ich bei dir mein kleiner Sonnenschein. Sei lieb und warte auf deine Mama«, flüsterte sie in sein Ohr.

Danach stand sie auf und ging aus dem Raum. Jürgen verstand nicht wirklich, was sie damit meinte, doch es sollte nicht lange dauern bis er den Sinn ihrer Worte verstand.

Langsam, ohne Eile ging die Mutter, die keine mehr war, nach Hause. Nach Hause? Für Ingrid war es kein Zuhause mehr. Eine Hülle, in der man wohnt, ja, aber ein Zuhause? Nein.

Kein Lachen mehr ihres Kindes, das so ansteckend war, wie die Masern. Kein freudiges Winseln vom Hund, wenn sie mit Daniel nach Hause kam und die beiden erst mal herumtollten. In seinem Zimmer lagen die Spielsteine so, wie er sie liegen gelassen hatte.

Wie schaffe ich es, sie zu fragen, wie das Geschehen konnte, ohne in ihr wieder diese Schuldgefühle aufkommen zu lassen, überlegte Jürgen.

Ihm war klar, dass das nicht ging, dass er das nicht hinbekommen würde. Doch er wollte wissen, was geschehen war. Fragen hämmerten in seinem Kopf. Fragen an Ingrid, warum Daniel auf die Straße laufen konnte? Warum er nicht an ihrer Hand war? In Jürgen tobten die Fragen, auf die er eine Antwort wollte. Eine Antwort haben musste.

Nach ein paar Tagen kam ein Brief von der Polizei, indem Ingrid aufgefordert wurde im Revier zu erscheinen, zwecks Vernehmung hinsichtlich des Unfalls.

»*Das war kein Unfall. Es war Mord.*«
»*Bitte, was sagst du da?*«
»*Mord, es war Mord. Der Fahrer von dem Wagen hat ihn umgebracht.*«
»*Ingrid, es war ein Unfall und wir werden auf dem Revier sicherlich mehr zu den Umständen erfahren, wie es dazu kommen konnte.*«
»*Sag schon, du denkst doch auch, ich bin schuld. Ich habe Daniel auf dem Gewissen! Glaube ja nicht, dass ich nicht merke, wie du rumdruckst. Angst hast mich zu fragen, wie es geschehen konnte. Ja, ich habe Daniel zur Eile getrieben. Aber er, er hat ihn auf dem Gewissen!*«
»*Du hast im Krankenhaus gerufen: Ich bin schuld, ich bin schuld*«, *warum hast du das gerufen, wenn du jetzt*

annimmst, dass der Mann schuldig ist? Warum Ingrid?«

»Da habe ich noch nicht verstanden, dass es der Mann mit dem Wagen war, der meinen Daniel umgebracht hat. Aber jetzt weiß ich es, er ist der Mörder. Er hat Daniel auf dem Gewissen.«

Fast freute sie sich auf das Verhör. Denn sie hoffte, den Mörder von Daniel dort zu treffen.

Den Namen hatte sie ja in dem Schreiben von der Polizei gelesen:

In der Strafsache Winkler.

In der Strafsache!

Für Ingrid war die Sache klar. Das war keine Strafsache, das war Mord. Sie wurde als Zeugin für einen Mord geladen.

War sie zu anfangs noch davon überzeugt, dass sie schuld am Tod von Daniel war, so hatte sich das vollends gewandelt.

Nein, sie war nicht schuld. Er, er war schuld. Er durfte nicht dort sein, wo er war, als sie zur Schule gingen. Und deshalb ist sie unschuldig. Keine Autos, keine Gefahr, wenn ein Kind auf die Straße läuft. Fast musste sie lachen über ihre Klarheit der *Strafsache.*

Der Beamte empfing die beiden freundlich und bat das Ehepaar Born, Platz zu nehmen.

Danach begann er Frau Born Fragen zu stellen.

Erst die allgemeinen Fragen nach Alter, Wohnort, Familienstand. Auch Herr Born wurden diese Fragen gestellt.

Danach ging es zu dem Unfallhergang. Der Beamte saß Ingrid genau gegenüber und sah sie bei allen Fragen genau an. Jürgen saß eher abseits. Vor ihm die Rückseite des Monitors.

»Frau Born, wann sind sie an dem Morgen des 7. September aus dem Haus gegangen?«

»So wie immer, um 8.00 Uhr. Die Schule beginnt um 8.15 Uhr und wir brauchen nur 5 Minuten von Zuhause bis zur Schule. Daniel kam nie zu spät zur Schule. Darauf habe ich immer geachtet. Andere Kinder schon, doch unser Daniel nicht. Das war nicht immer leicht, wissen Sie. Daniel ist, war, ein sehr verspieltes Kind.«

Schon schluchzte Ingrid in ihr Taschentuch. Jürgen wollte ihre Hand nehmen, um ihr Halt zu geben, doch sie ließ es nicht zu. Schnell hatte sie sich wieder in der Gewalt.

»Er spielte morgens auch immer mit seinem Hund. Der heißt Schnuffi und ist ein Golden Retriever. Ich musste ihn immer regelrecht von dem Hund wegziehen und ihm

versprechen, dass er mittags mit ihm Gassi gehen darf. Natürlich mit mir zusammen.«

Der Beamte zeigte Geduld und lies Frau Born ausreden, auch wenn es das Verhör in die Länge zog.

»Herr Winkler sagte aus, dass er, also das der Junge kurz vor acht vor sein Auto gelaufen war. Sollte das stimmen, dann müssten Sie an diesem Morgen früher aus dem Haus gegangen sein.«

»Ja, kann sein, dass wir an diesem Morgen kurz vor acht aus dem Haus gegangen sind. Ist das so wichtig?«

»Ja, sonst würde ich nicht danach fragen!«

Der Beamte sah in den Augen von Ingrid eine Unruhe, da sie mit den Augen leicht zwinkerte.

»Warum sind sie an diesem Morgen früher aus dem Haus gegangen?«, hakte er nach.

»Das weiß ich nicht mehr.«

»Du hattest einen Friseurtermin. Du wolltest zum Friseur, erinnerst du dich nicht?«

Jürgen mischte sich ein, denn er war sich sicher, da sie schon am Vorabend davon gesprochen hatte.

Ich gehe morgen früh zum Friseur, lass mir aber nur die Spitzen schneiden. Du brauchst keine Angst haben, dass ich mit einer Glatze wiederkomme. Obwohl, das hat doch auch was?

Ja, das waren ihre scherzhaften Worte gewesen, die er aber dem Beamten nicht erzählte.

»Ach ja, stimmt. Da habe ich nicht mehr dran gedacht.«
»Das heißt, eigentlich hatten Sie es an diesem Morgen eilig oder?«
»Nein, es war doch genug Zeit. Der Termin war doch erst um halb Neun.«
»Hatten sie Daniel an der Hand, als Sie zur Schule gingen?«
»Natürlich, ich habe Daniel immer an der Hand, wenn ich ihn zur Schule brachte. Er ist doch noch so klein.«
Dann stockte sie.
»Er war doch noch so klein und deshalb brachte ich ihn doch immer zur Schule. Wissen Sie, was er mir mal gesagt hat?"
Der Beamte schaute sie unwissend an.
Er sagte: Mama, wenn ich in die zweite Klasse komme, dann gehe ich aber alleine. Dann bin ja auch schon groß.«
Wieder schluchzte Ingrid in ihr mittlerweile schon sehr feuchtes Taschentuch.
»Frau Born, der Unfall ereignete sich nur drei Minuten von Ihrem Haus entfernt. Wieso konnte Daniel auf die Straße laufen, wenn Sie ihn an der Hand hielten?«
»Das weiß ich nicht. Ich würde doch mein Kind nicht loslassen. Ich weiß doch, das viele Autofahrer auf unserer Straße fahren.«

»*Der Beamte vor Ort hat von einer Jutta Mohr berichtet, die sie getroffen haben. Ist das so?*«

»*Ach ja, Jutta. Stimmt, die haben wir getroffen. Aber nur kurz. Sie hatte ihre Tochter Celine schon zur Schule gebracht und war wieder auf dem Heimweg. Sie wohnt nur zwei Häuser weiter wie wir. Die Kinder spielen oft zusammen.*«

Schmerzlich wurde ihr bewusst, dass sie das nicht mehr machen werden. Aufgewühlt zog sie ein zweites Taschentuch aus der Handtasche und wischte sich die Tränen weg. Der Beamte ließ ihr einen Moment Zeit und setzte dann seine Fragen fort.

»*Wie haben Sie sich begrüßt Frau Born? Nur mit einem* »*Guten Tag*«, *mit Handschlag oder haben Sie sich umarmt? So wie man gute Freunde eben begrüßt?*«

Der Beamte sah Ingrid ins Gesicht, als sie nach einer Antwort rang.

»*Ich habe sie kurz umarmt. Wir sprachen über? Worüber sprachen wir noch? Ich weiß es nicht mehr?*«

»*Das ist auch nicht so wichtig. Wichtig ist, wie Sie sich begrüßt haben. Sie sagen, sie haben sich kurz umarmt?*«

»*Ja, aber ich sagte ja schon, nur kurz.*«

»*Und da war Daniel immer an ihrer Hand?*«

»*Ja, natürlich!*«

»Frau Born, ist es richtig, dass Sie den Schulranzen ihres Sohnes tragen, wenn Sie ihn zur Schule bringen?«

»Ja, Sie glauben ja gar nicht, wie viele Bücher, Ordner und Mappen die Kinder tagtäglich mitschleppen müssen.«

»Wie konnten Sie Frau Mohr dann umarmen? Ich meine, an der einen Hand war Daniel und in der anderen war der Ranzen?«

Ingrid schüttelte den Kopf, als wollte sie nicht mehr wissen wollen, was wirklich geschah. Ihr wurde klar, dass sie Daniel für den Bruchteil einer Minute losgelassen hatte.

»Es war doch nur ganz kurz. Nur ganz kurz.«

Der Hauptwachtmeister hakte nun nicht mehr nach. Es tat ihm unendlich leid, die Frau so in die Enge getrieben zu haben. Doch es ging hier um einen wichtigen Punkt. Schließlich gab es ja auch noch einen Unfallfahrer. Er war verpflichtet, alle Umstände aufzuzeigen und herauszufinden. Mehr aber auch nicht. Der Tatbestand, dass sie ihren Sohn von der Hand gelassen hatte, war gegeben. Er hatte sich nicht losgerissen, wie sie am Unfallort noch erklärte.

Nein, sie hatte ihren Sohn unbewusst losgelassen.

Jürgen hörte diese Aussage und ihm war klar, dass Ingrid mehr als nur leidet. Sie wusste, dass sie

Schuld an Daniels Tod hatte. Eine Last die Ingrid nicht verkraften kann und nicht wird.

In der weiteren Vernehmung ging es noch darum, wer die andere Frau am Unfallort war. Die Frau mit dem Kind auf der anderen Straßenseite. Zu denen ihr Sohn Daniel hinwollte.

»Wir sind dann erst mal fertig mit dem Protokoll« und man sah dem Kommissar an, dass er darüber heilfroh war.

Diebstahl, Raub oder auch Sachbeschädigungen waren seine eigentlichen Bereiche. Ein Unfall mit einem Kind war nicht wirklich das, was er bearbeiten wollte. Herr Biesenbach war Vater von vier Kindern. Eines davon in Daniels Alter. Das geht auch einem Beamten in die Knochen. Insgeheim verfluchte er nun seinen Kollegen, der erkrankt war und er deshalb den Fall übernehmen musste.

»Wie geht es jetzt weiter?«, fragte Jürgen, der nun wusste, dass seine Frau einen großen Anteil am Tode von Daniel hatte.

Natürlich sagte er dazu kein Wort.

»Es fehlt noch die Vernehmung von dem Unfallfahrer. Danach geht die Sache an die Staatsanwaltschaft. Die entscheidet dann über die einzelnen Anzeigen!«

»Die Anzeigen? Wieso die Anzeigen?«

»Herr und Frau Born. Ich muss Ihnen sagen, dass es sein kann, dass Sie Frau Born eine Anzeige erhalten, wegen Vernachlässigung der Aufsichtspflicht.«

»Aber der Fahrer hat meinen Sohn umgebracht. Er ist ein Mörder. Er durfte doch gar nicht dort sein, wo er war. Er hat meinen Sohn auf dem Gewissen und muss hinter Gittern. Lebenslänglich. Leider gibt es ja die Todesstrafe nicht mehr.«

Aufgebracht zupfte Ingrid am Taschentuch und sah den Beamten erschüttert an.

»Frau Born, so schrecklich wie der Tod ihres Sohnes auch ist, aber ein Mörder ist Herr Winkler nun wirklich nicht. Aber wie ich schon sagte, es ist nicht meine Aufgabe festzustellen, wer für was zur Rechenschaft gezogen wird.«

In Gedanken fügte er noch ein Gott sei Dank hinzu.

»Noch ein Hinweis. Ich an Ihrer Stelle würde mir einen Anwalt nehmen. Aber das ist nur ein gut gemeinter Rat.«

Die beiden Eheleute bedankten sich und gingen nach Hause. Nicht ein Wort fiel auf der Heimfahrt. Jürgen wusste nun um Ingrids Mitschuld am Tode ihres Sohnes. Er wusste aber auch, dass sie den Fahrer als Mörder betrachtete und ihre eigene Schuld verdrängte.

Ingrid dachte nicht eine Minute darüber nach, ob sie zur Verantwortung gezogen würde. Sie sah in ihrem Kopf das Kennzeichen von dem Porsche, dem Mordauto.

»M- dann noch ein e«, an mehr konnte sie sich allerdings nicht erinnern. Kein Düsseldorfer Kennzeichen, so viel war sicher. Ein Fremder hatte ihren Sohn auf dem Gewissen. Für sie stand das Urteil für den Fahrer auch schon fest: Tod durch verbluten.

Herr Winkler musste nur kurze Zeit später zur Vernehmung ins Revier. Allerdings brachte er direkt seinen Anwalt mit. Das hatte ihm seine Versicherung geraten, denn der gehörte mit in den Leistungen seines Vertrags, wenn er in einen Unfall verwickelt sei. Das Auto war ebenfalls schon in der Werkstatt und ein Gutachter bewertete den Schaden an seinem Wagen.

Im Beisein seines Rechtsbeistandes, gab auch er alles an, was er zu dem Unfallhergang und den Umständen dazu wusste.

Nicht alles, er verheimlichte den unnützen Tatbestand der Eile. Er blieb auch bei der Aussage, dass er die Beschilderung nicht gesehen hatte. Mit dem Hinweis auf die weitere Bearbeitung durch die Staatsanwaltschaft konnte Herr Winkler wieder gehen.

»*Ich würde Ihnen Raten, die Frau Born auf Schmerzensgeld zu verklagen!*«

»*Bitte?*«

Reinhard schaut den Anwalt ungläubig an.

»*Aber die Frau hat doch wohl genug Sorgen, finden Sie nicht?*«

»*Doch, schon. Aber so stellen sie sicher, dass sie auch geschädigt sind. Es bestärkt Ihre Aussage, dass Sie sie sich am Tode des Jungen für unschuldig halten. Das tun Sie doch oder?*«

»*Nicht wirklich. Ich meine, schließlich habe ich. das Auto gefahren.*«

»*Das behalten Sie mal lieber für sich. Sie dürfen keine Zweifel aufkommen lassen, dass Sie auch nur ein Hauch von Schuld trifft. Im Gegenteil, die Frau hat Ihnen schweren seelischen Schaden zugefügt. Oder fahren Sie so unbeschwert wie früher durch die Stadt oder gar auf der Reichsallee entlang?*«

»*Nein, ich denke ständig an diesen Unglücksfall. Es tut mir ja so leid.*«

»*Das meine ich Herr Winkler. Soll ich die Nebenklage vorbereiten?*«

»*Ja, wenn Sie meinen.*«

»*Unbedingt. Es geht hier um einen Unfall mit Todesfolge. Kein Überfahren eines Stoppschildes. Das kann auch böse enden. Also lieber die Frau ist noch ein wenig mehr unglücklich, als dass sie am Ende bestraft* werden. Und wenn Sie verurteilt werden, was ich aber nicht glaube, dann wird die Strafe empfindlich sein. Entweder hoher Geldbetrag, Gefängnis oder von beidem ein wenig.«

»Also gut, dann machen Sie das«, stimmte Reinhard dem Vorschlag des Anwalts zu, wenn auch schweren Herzens.

Doch er wusste, er muss makellos bleiben, sollte es mal zu einer Überprüfung seitens der Arbeitsgemeinschaft/Innung für Makler kommen. Was allerdings für sehr unwahrscheinlich galt. Aber man weiß ja nie.

»Du hast Post vom Gericht«, rief Jürgen ins Wohnzimmer, als er von der Arbeit kam.

Jeden Tag lief Ingrid mehrmals zum Briefkasten, um den wichtigen Brief zu bekommen. Den Brief vom Gericht, wo sie aufgefordert wird, an dem Gerichtsverfahren gegen Herrn Winkler wegen Mordes an einem Kind teilzunehmen.

»Wo ist der Brief?«, fragte Ingrid ihren Mann, der nichts in der Hand hielt.

»Im Briefkasten lag eine Benachrichtigung von der Post. Hast ihn wohl verpasst, als er hier war.«

»Das kann nicht sein. Ich war doch gar nicht vor der Tür.«

»Jedenfalls musst du zur Post, um den Brief abzuholen.«

Ingrid hatte ihrem Mann die Benachrichtigung aus der Hand gerissen und schaute sie sich genau an.

»*11.15 Uhr wurde die Person der Zustellung nicht angetroffen. Was habe ich denn um 11.15 gemacht?*«
Ingrid bemühte sich, sich daran zu erinnern, was sie vor fünf Stunden gemacht hatte. Doch da war nur Leere.
»*Verdammt, ich muss doch wissen, was ich gemacht habe?*«
»*Warst du vielleicht in Daniels Zimmer und hast meditiert?*«
»*Ja, das kann sein. Ja, so war es. Und ich hatte die Kopfhörer auf. Er hatte so eine schöne Stimme. Und man kann ihn aus dem Kinderchor klar und deutlich heraushören.*«
Jürgen sah sie an und wusste, Ingrid lebte in einer anderen Welt.

Im Kinderzimmer war alles, wie Daniel es an dem Morgen verlassen hatte. Sie räumte nichts weg, so als könnte es sein, dass er gleich wieder da wäre.
Nicht alles war wie an dem Tag des Unfalls. In einer Ecke hatte sie einen kleinen Altar aufgebaut. Dort betete und meditierte sie jeden Tag. Morgens, mittags, abends. Manchmal stand sie auch nachts auf und ging dort hin. Daniel hatte sie gerufen, war ihre Antwort, wenn Jürgen sie darauf ansprach. An

ein normales Eheleben war nicht mehr zu denken. Den Vorschlag, dass sie sich psychologische Unterstützung suchen sollte, lehnte sie kategorisch ab.

Er hatte gedacht, dass sie vielleicht ein zweites Kind haben könnten. Doch das war für Ingrid so niederschmetternd, dass sie sich seitdem von ihm nicht mehr anfassen ließ. Sie hatte ein Kind, ein zweites wollte sie nicht. Daniel nahm mehr als nur einen Raum in dem Haus ein. Er war überall. Bilder, Spielzeug und natürlich sein Hund. Das war ihre Welt und die füllte sie aus. Für ein zweites Kind hätte sie doch gar keine Zeit.
Deshalb verweigerte sie selbst kleine Berührungen. So schützte sie sich vor einer menschlichen Schwäche, die sie vielleicht überkommen könnte.

Am nächsten Tag ging sie zur Post und holte ihren lang ersehnten Brief ab. Noch in der Post öffnete sie ihn.

In der Strafsache: Winkler, werden sie aufgefordert am Montag den 12.12.2015 um 10.45 im Amtsgericht Düsseldorf, Mühlenstraße zu erscheinen -,

stand Schwarz auf weiß auf der Ladung.

Endlich. Endlich hat das Warten ein Ende und der Kerl kommt hinter Gittern, dachte Ingrid mit verbittertem Herzen.

Sie fuhr direkt zum Friedhof. Sie musste doch Daniel die freudige Nachricht überbringen, dass sein Mörder vor Gericht kommt.

Ihrem Mann erzählte sie am Abend von der Ladung und wann der Termin sei.
»Jetzt bekommt er seine gerechte Strafe. Lebenslänglich. Leider nur lebenslänglich für diesen Mörder. Wann, oder besser gefragt, warum hat man die Todesstrafe abgeschafft?«

Ihr Mann wusste keine Antwort darauf. Und wenn er sie gewusst hätte, so hätte er nichts dazu gesagt.
»Ingrid. Für einen Unfall mit Todesfolge ist die Höchststrafe 10 Jahr Gefängnis. Da es sich bei diesem Unfall jedoch um einen Zusammenhang von tragischen Umständen handelt, wird es wohl eine Strafe von einem Jahr auf Bewährung für Herrn Winkler geben.«
»Was redest du da? Du redest wie der Anwalt, den du ausgesucht hast. Es war kein Unfall, es war Mord! Und für Mord gibt es lebenslänglich.«
»Rede dir doch nichts ein, was nicht sein kann. Du hast doch die Anklageschrift gelesen. Was heißt gelesen, du

kennst sie auswendig. Und da steht Unfall und nicht Mord!«

»Gut, dass ich den Anwalt gewechselt habe. Der ist auch der Meinung, dass dieser Mörder, dieser Herr Winkler, zum Mörder wurde, als er in die Eitelstraße einbog. Ganz bewusst hat er die verbotene Straße befahren und meinen Daniel umgebracht.«

Jürgen schüttelte den Kopf, er war kurz davor zu resignieren, dennoch redete er weiter auf seine Frau ein.

»Dein neuer Anwalt ist nur auf dein Geld aus Er redet dir nach dem Munde und die Nebenklage auf Schmerzensgeld wegen dem Unfall hat nur dann Sinn, wenn Herr Winkler schuldig gesprochen wird. Und das ist nicht sicher.«

»Was redest du da? Steckst du mit dem feinen Porschefahrer unter eine Decke? Was zahlt er dir, damit du zu ihm hältst?«

Ingrid fauchte ihren Ehemann an, konnte nicht fassen, dass er nicht auf ihrer Seite stand.

»Du bist so blind gegenüber der Realität geworden, dass du alles glaubst, was man dir erzählt, wenn es in die Richtung gegen Herrn Winkler geht. Dabei ist er doch gar nicht alleine schuld an dem Unfall!«

Nun war es ihm doch rausgerutscht. Rausgerutscht, was er die ganze Zeit vermieden hatte. Ihr die

Mitschuld an dem tragischen Ende von ihrem Sohn Daniel aufzuzeigen.

»Ach das ist es. Du glaubst auch, dass ich schuld bin, ja? So wie der Polizist, so wie Jutta auch ausgesagt hat, so wie dein Anwalt es mir einreden wollte. Doch ihr alle sollt wissen, er, dieser Herr Winkler, ist alleine schuld am Tod von meinem Sonnenschein. Und das Gericht wird es bestätigen und ihn verurteilen.«
»Ingrid bitte, sei doch vernünftig. Es gibt Gesetze und die gelten nicht nur für dich, sondern auch für den Mann. Auch ich vermisse unseren Daniel sehr, doch deshalb dürfen wir doch den Mann nicht als Mörder bezeichnen.«
Ingrids Gesicht verzog sich zu einer starren Maske. Mit keifender Stimme erklärte sie, einem imaginären Richter und dessen Geschworenen:
»Hohes Gericht. Dieser Mann fuhr auf einer Straße, auf der er nicht sein durfte. Wäre er dort nicht gefahren, so wäre der kleine Daniel noch am Leben. Vorsätzlich in die Straße gefahren, also vorsätzlich gemordet. Ich beantrage deshalb die Todesstrafe.« Ingrid hatte sich schnell ein Buch geschnappt und stellte sich so in Position, wie es wohl ein Staatsanwalt bei seinem Plädoyer machte.

Jürgen hatte seine Frau sprachlos beobachtet und vernommen, was sie in ihrem Zorn und ihrem Leid aussprach. Er ließ sie stehen, ging aus dem Wohnzimmer in sein Arbeitszimmer.

Eigentlich war es inzwischen seine Wohnung geworden, denn hier verbrachte er die meiste Zeit, wenn er zuhause war. Und auch das beschränkte er schon seit einiger Zeit auf das Minimum.

Sie aßen auch nicht mehr jeden Abend zusammen. Immer öfters aß Jürgen auswärts, was Ingrid recht war, so konnte sie sich mehr um »Daniel« kümmern. Drei- bis viermal in der Woche war sie an seinem Grab und brachte ihm Legosteine mit. Die vom letzten Mal nahm sie dann wieder nachhause.

»Mein kleiner Liebling, hattest du keine Lust zum Spielen? Nein. Bald kommt Mama zu dir und wir spielen wieder zusammen.«

Ihm war klar, dass, wenn die Sache mit dem Gericht zu Ende wäre, er mit Ingrid sprechen muss. Denn so wird es nicht weitergehen können. Über eine Maklerin hatte er sich erkundigt, sollte er ein möbliertes Apartment benötigen. Außerdem traf er sich des Öfteren mit einer Kollegin zum Essen, die auch nicht abgeneigt schien, die Beziehung nicht nur auf die eines Arbeitskollegen zu belassen. Noch hielt Jürgen sich aber zurück.

Als merkwürdig empfand er, dass Ingrid sich mehrmals die Woche mit seiner Schwester traf.

Denn bisher konnte sie die nämlich nicht ausstehen. Eine Wodkabraut, wie sie ihre Schwägerin immer bezeichnete. Anna, seine Schwester, war mit einem Russen verheiratet. Russen konnte Ingrid nicht ausstehen, und diesen Nikolai schon gar nicht. Da er fast den ganzen Tag zuhause verbrachte, war für Ingrid klar, dass dieser Mann nicht nur faul war, sondern sein Geld wahrscheinlich über dunkle Geschäfte durch die russische Mafia verdient. Wie sonst könnte er sich das Haus und ihren Luxus leisten? Ein Macho. Der die Schwägerin sicherlich jeden Tag mehr als nur Ohrfeigen würde.

»Gut, dass die keine Kinder haben. Statt Muttermilch würden die mit Wodka gestillt. Machen doch nichts anderes, als Wodka saufen und Zwiebeln fressen«.

Das waren ihre Worte, wenn es um Jürgens Schwester und Ehemann ging.

Doch seit einiger Zeit schien sie ihre Meinung geändert zu haben. Mehrmals bekam Jürgen mit, wie sie selbstgebackenen Kuchen und eine gekaufte Flasche Wodka mitnahm, wenn sie das »Pack« besuchte. Ein Ausdruck, den sie, seitdem sie das Paar besuchte, nicht mehr benutzt hatte.

»Ich wusste ja gar nicht, dass deine Schwester schon mal eine Fehlgeburt hatte.«
»Da war sie gerade mal 17 Jahre alt.«

»*Dabei ist wohl gepfuscht worden, weil sie danach keine mehr bekommen konnte.*«

»*Ja, war alles illegal. Woher weißt du das? Eigentlich spricht Anna nicht darüber.*«

»*Mir hat sie das aber erzählt. Vielleicht weil wir jetzt eine Gemeinsamkeit haben.*«

Gedanken über diese neuen Familienbande machte sich Jürgen nicht. Eigentlich war er froh, dass Ingrid jemanden hatte, mit dem sie reden konnte. Ihre ehemaligen Freundinnen kamen nur noch selten oder gar nicht mehr.

»*Übrigens verdient er sein Geld am Rechner. Er versichert die Rechner, oder sichert sie ab. Jedenfalls so was in der Richtung. Und das kann er fast immer von Zuhause aus. Ich habe gesehen, wie er in einem Rechner eines anderen, was geändert hat, obwohl der in Frankfurt war. Irre. Hast du gewusst, dass man so was machen kann?*«

»*Ja, habe ich. Viele Firmen nutzen es, damit sie keinen Spezialisten einstellen müssen. Sie benötigen nur den Zugangscode und schon können sie an dem fremden Rechner arbeiten.*«

»*Seit wann interessiert sie sich für die Aufgaben von Nikolai und seit wann für Programme von Rechnern?*«

Für Jürgen wurde Ingrid immer merkwürdiger.

»Komm, wir müssen los. Der Mörder wartet auf sein Urteil.«

»Ingrid es ist erst 8.00 Uhr. Die Verhandlung ist um 10.00 Uhr. Wir haben noch genug Zeit.«

»Der Anwalt hat gesagt, man sollte so früh wie möglich dort erscheinen. Auch wegen der Plätze.«

»Du hast einen sicheren Platz. Du sitzt in der Reihe der Zeugen.«

»Trotzdem, wenn du jetzt nicht mitfährst, dann fahre ich schon mal vor. Also was ist?«

Natürlich fuhren sie zusammen. Jürgen kam mit, schon alleine deshalb, damit er Ingrid im Auge hatte. Er war sich nicht sicher, ob sie noch was ausheckte.

Im Gerichtsgebäude herrschte schon reger Geschäfts-verkehr. Überall liefen Leute, die es eilig hatten oder vergebens versuchten, den richtigen Gerichtssaal zu finden.

Jürgen ging zu dem Infostand und erkundigte sich nach dem Saal und wie man zu ihm hinfinden würde.

Der Mann hinter der dicken Glasscheibe ließ sich das Schreiben zeigen und sprach durch eine Art Sieb in der Scheibe, wo sie lang mussten.

»*Ist aber noch Zeit. Wir haben da vorne einen Kaffeeautomaten, da können sie dann auch warten. Oben gibt es keinen Kaffeeautomaten und die Bänke sind auch nicht so bequem.*«

Jürgen bedankte sich für die Fürsorge des Mannes und teilte Ingrid mit, wie man wo hinkommt. Den Hinweis auf einen Kaffee ließ er aus.

Sie stellten sich an einer der beiden Sicherheitsschleusen an. Im Prinzip wie auf einem Flughafen, nur kleiner.

»*Nein, ich habe keine Waffe mit. Das Gericht wird ihn für immer hinter Gitter sperren. Das ist eine viel härtere Strafe als ein kleiner Schmerz im Kopf.*«

Die Beamtin, die Ingrid abtastete, verstand nicht, was sie erzählte. Reagierte aber, da sie Ingrid nun genauer durchsuchte. Schon viele versuchten, so die Aufmerksamkeit der Beamten zu mindern, um doch eine Waffe hinein zu schmuggeln.

Bei Ingrid fand die Beamtin nichts, außer, dass sie befand, dass etwas mit dieser Frau nicht stimmt. Sie verständigte den Leitenden und schilderte ihre Beobachtungen. Der sah aber keine Veranlassung weiter Schritte oder besondere Maßnahmen einzuleiten.

Nach dieser aufhaltenden Prozedur ging Ingrid mit eiligen Schritten die große Wendeltreppe hinauf, denn »Ihr« Saal lag im ersten Obergeschoss. B-Flügel, Raum 225. Nach kurzem Hin und Her in verschieden falschen Gängen, waren sie vor dem Saal.

Natürlich war noch keiner anwesend.
Jürgen sah sich den Schaukasten an, der neben dem Gerichtssaal hing. Ihre Verhandlung stand an vierter Position.
Alle 30 Minuten wurde hier verhandelt. Bei der Verhandlung von H. Winkler wurde eine Stunde eingeplant. Ihm fiel auf, je zwei von einem Richter und zwei von einer Richterin. Abwechselnd, Verhandeln, Richterspruch, Pause. Jürgen konnte nicht verhindern, dass er anfing zu rechnen, wie viel Pause die Richter am Tag hatten. 4 Stunden Arbeit, 4 Stunden frei. Mit der eigenen Überlegung, dass in der Pause wohl die Akten bearbeitet werden müssen oder sich auf den neuen Prozess einzuarbeiten, revidierte er selbst seine Meinung über den guten Job eines Richters

Ingrid saß seitlich von der Tür, jedoch genau gegenüber. So konnte sie die Tür im Auge behalten.
Bis zur Verhandlung dauerte es noch eine Stunde. Deshalb erschienen nach und nach auch Leute, die mit dem Prozess von Herrn Winkler nichts zu tun hatten. Die waren für die Verhandlung um 9.30

geladen. Viele Männer und Frauen aus dem Orient, wie Ingrid bemerkte. Jürgen hatte gesehen, dass auf der Liste, der Name Machmet vor der Verhandlung Winkler stand.

Fast pünktlich um 8.30 ging die Tür auf und einige Leute kamen heraus. Unter anderem auch zwei Anwälte, von denen einer nach rechts und der andere nach links von der Tür eilten. Je ein Pulk aus Männer, Frauen und Kinder liefen hinter ihnen her. Nach einem kurzen Getümmel löste sich die gesamte Runde auf.

Der Türsteher, ein Mann in Beamtenuniform, schwarze Hose, grünliches Hemd, verkündete den Einlass für Leute der Verhandlung Machmet gegen den Staat Deutschland. Und schon strömten die »Orientalen« in den Raum. Als der Raum schon geschlossen war, kam ein Mann hastig den Gang herunter. Da er in schwarzer Robe kam, war es wohl ein Anwalt, der in letzter Minute eintraf.

»Wollen wir hoffen, dass mein Anwalt pünktlicher ist.« Jürgen sagte nichts, schließlich war er ihre Wahl. Er kannte weder den Mann und auch seine Kanzlei nicht. Seine Preise waren jedenfalls hoch, hoffentlich war er sein Geld wert. Damit beendete

er aber auch seine Überlegungen über den Rechtsbeistand von Ingrid.

Nach zwei Minuten der Ruhe kamen Leute und nahmen Platz in Höhe des Raumes. Jürgen erkannte Nachbarinnen und zwei Beamte in Uniform.

»*Da ist der Mörder*«, sagte sie nicht gerade leise, als ein Mann den Gang herunterkam.

Ihr Mann schaute in die Richtung, in der Ingrids Zeigefinger zeigte. Dort sah er den Mann, den Ingrid als den Mörder ihres Sohnes bezeichnete zum ersten Mal.

»*So sieht kein Mörder aus*«, war der erste Eindruck, den er von Reinhard Winkler hatte. Denn der kam ruhig, leicht gebeugt, den Gang herunter und blieb etwas seitlich von der großen Tür stehen.

Er schaute in Richtung Ingrid, so als wollte er zu ihr gehen. Doch er unterließ es. Denn Ingrid schaute ihn an, wie man einen Mann anschaut, den man für den Mörder ihres Kindes hielt.

Tiefer böser Blick.

Ihr Gesicht erhellte sich erst, als eine Gruppe Männer auf dem Gang erschien. Fünf oder sechs Männer, alle in schwarz gekleidet, setzten sich nicht weit weg, gegenüber von Herrn Winkler auf die Holzbänke. Sie unterhielten sich nicht, aber alle schauten in die Richtung des Angeklagten.

Teilnahmslos könnte man meinen, doch Reinhard Winkler sah das anders. Irgendetwas beunruhigte ihn.

Wer sind diese Männer? Was machen die hier, überlegte er mit einem beklemmenden Gefühl, das in ihm aufstieg.

Reinhard sah sich die Männer genauer an. Alle hatten eine Glatze oder nur ganz geringen Haarwuchs. Ihre Figuren ähnelten denen, die man von Türsteher kannte. Groß, kräftig und Stirnnacken. Ihre weißen Hemden unterstrichen, dass sie seriös aussehen wollten. Glänzende, schwarze Schuhe unterstreichen das noch.

Gibt es nicht Führungen, Lehrgänge oder öffentliche Veranstaltungen, die von Instituten genutzt werden, um ihre Mitarbeiter zu schulen, überlegte er. Reinhard schob sie in diese Richtung, nur um sich selbst zu beruhigen.

Ingrid hatte nur kurz zu der Gruppe hingesehen. Ein Lächeln kam auf und dann tat sie so, als wären die Männer völlig uninteressant. Jürgen bemerkte aber, dass es ihr guttat, dass diese Männer da waren. Warum, wusste er natürlich nicht.

Der Anwalt von Ingrid unterbrach seine Gedanken. Mit schnellen, hastigen Schritten kam er den Gang hinunter. Im Schlepptau ein weiterer Anwalt. Wie sich kurze später herausstellen wird, war dies der Anwalt von Herrn Winkler.

Ingrid stand auf und begrüßte den Anwalt ihres Vertrauens, so als würde man sich schon viele Jahre kennen.

Jürgens erster Eindruck von diesem Rechtsverdreher war alles andere als gut. Unrasiert, und völlig überdreht. Unter seiner verwaschenen Robe sah er ein Sportdress. Dazu passten dann auch seine abgelaufenen Turnschuhe. Kaum an Ingrids Seite legte er los. Er redete und redete auf Ingrid ein, dass sie alles ihm überlassen sollte. Sie sollte sich an die abgesprochenen Aussagen halten, dann würde der Täter »Ordentlich was auf die Mütze bekommen«. »*Also, hinter Gitter wandern*«, ergänzte er dann noch, als Ingrid und Jürgen ihn fragend ansahen.

Der zweite Mann in Robe war zielstrebig auf Herrn Winkler zugegangen und auch er redete auf Herrn Winkler ein. Verstehen konnte man das Gespräch nicht, doch an den Gesten erkannte Jürgen, dass der Anwalt zur Gelassenheit aufrief.

Die Tür vom Gerichtssaal öffnete sich und eine laute Schar strömte aus dem Raum. Mit Händen und Füßen artikulierten sie einen der Anwälte, dass sie mit dem Urteil dieser Verhandlung nicht einverstanden waren. Dem weiteren Verlauf dieser Protestaktion konnten die Wartenden jedoch nicht mehr verfolgen, da der Gerichtsdiener sie aufforderte, in den Saal zu kommen.

Reinhard Winkler wurde auf die Anklagebank verwiesen.
Mit großem Unwohlsein ging er zu der Bank und setzte sich. Das erste Mal saß er auf einer Anklagebank. Er, der rechtschaffene Mensch, der einige kannte, die nicht nur den Staat betrogen, sondern auch gleich die eigene Verwandtschaft mit, wenn es darum ging die Preise für Kauf oder Verkauf festzulegen. Die gehörten sicher eher auf diese Bank. Sein Anwalt nahm neben ihm Platz und versicherte ihm, dass er sich keine Sorgen machen sollte. Die Rechtslage wäre zwar nicht einwandfrei, doch er bliebe bei seiner Meinung und würde auf Freispruch plädieren.

Die Verhandlung war öffentlich und der Saal füllte sich. Reinhard wunderte sich, wie viele Leute an einem Mittwoch sich die Zeit nahmen, um eine Gerichtsverhandlung zu sehen oder mitzuerleben. War es aus Langeweile oder einfach nur um zu sehen, wie Menschen verurteilt wurden? Ihre Gesichter anzusehen, wenn sie zu einer Geldstrafe verurteilt wurden, die sie nicht bezahlen konnten? Oder gar zu einer Haftstrafe, die sie sofort antreten mussten?

Reinhard zwang sich, sich wieder auf seinen eigenen Fall zu konzentrieren.

Die anwesenden Zeugen saßen ihm gegenüber auf der Zeugenbank. Dahinter setzten sich die Männer in Schwarz. Allerdings in die letzte Reihe. Nachdem sie Platz genommen hatten, richteten sie ihren Blick wieder auf Reinhard. Einfach aber wirkungsvoll sahen sie zu ihm rüber. Nicht nach links oder rechts. Ihn hatten sie im Visier.

Was soll, das? Wieso starren sie mich an?

Den Gedanken, dass es sich vielleicht um eine Lehrgruppe handeln könnte, verblasste. Zu weiteren Überlegungen kam er nicht.

»Bitte erheben Sie sich«, waren die auffordernden Worte des Gerichtsdieners, der gerade noch die Tür verschlossen hatte. Mit dem Einzug des Richters,

einem Beisitzer und einer Protokollantin begann dann schnell die Verhandlung.

Plädoyer des Staatsanwaltes und anschließend das des Anwaltes von Herrn Winkler waren recht schnell vorgelesen.

Der Staatsanwalt hielt ihn für schuldig, da er sich zum Zeitpunkt des Unfalls an einem Ort aufhielt, wo er hätte nicht sein dürfen.

Sein Rechtsanwalt plädierte auf Freispruch, denn wenn die Mutter ihrer Aufsichtspflicht nachgekommen wäre, gäbe es kein Opfer. Und ein Verkehrsschild zu übersehen, wäre eine Ordnungsstrafe, die nicht an ein Gericht gehörte.

Reinhard Winkler musste als Erster in den Zeugenstand.

Er beteuerte sein Mitgefühl gegenüber der Familie Born und versicherte, dass er alles dafür geben würde, könnte er den Unfall rückgängig machen. Er bekräftigte die Aussage, mit dem Unwissen, dass es keine Durchfahrtsstraße sei und dem Übersehen der Verkehrsschilder. Er wiederholte auch seine Unbescholtenheit in seinem bisherigen Leben.

Während seiner Aussage richteten alle Besucher ihre Aufmerksamkeit auf Reinhard. Die Gruppe Männer ließen ihn nicht aus den Augen, ihre Blicke fraßen sich in Winklers Haut.

Sie brachten ihn hier und da aus dem Konzept. Jedoch ohne, dass er sich verhaspelte. Sein Anwalt war mit seiner Aussage und den Antworten, auf die ihm gestellten Fragen zufrieden. Zumal Reinhards Stimme immer wieder versagte und dem Richter klar wurde, dass er selbst sehr unter der Last des tödlichen Unfalls leide. Der Richter befragte ihn mehrmals nach der Richtigkeit, also der wahrheitsgemäßen Aussage. Nicht eine Minute zögerte er, das zu bejahen.

Der Staatsanwalt befragte Herrn Winkler nach seinem Auto.

»Herr Winkler, Sie fahren einen Porsche wie wir aus dem Protokoll wissen. Ein Porsche ist doch ein sehr schnelles Auto, also für Menschen gedacht, die schnell von A nach B kommen wollen. Und ist es nicht so, dass Sie auch an diesem Morgen sehr schnell zu ihrem Kunden kommen wollten?«

»Ich fahre diesen Wagen, weil ich immer schon einen Porsche fahren wollte. Nicht um in der Stadt schnell zu fahren, sondern weil der Wagen und die Marke mich faszinieren.«

»Wenn Sie mit dem schnellen Wagen nicht schnell fahren wollten, warum das Ausweichmanöver?«

»Weil mich dieser Müllwagen einfach nervte. Und ja, ich dachte auch daran, ein wenig zügiger in die Stadt zu kommen.«

»Also doch ein Zeitfaktor, der sie Antrieb den verbotenen Umweg zu fahren?«

»Nein, ich hatte keinen Zeitdruck. Es war eine Entscheidung, weil mich der Müllwagen nervte.«

»Wir halten also fest, Sie haben den Umweg gewählt, weil Sie genervt waren. So genervt, dass Sie nicht mehr auf ihre Umwelt achteten? Und deshalb den Jungen nicht gesehen haben?«

»Einspruch euer Ehren. Der Staatsanwalt versucht hier einen Autofahrer, der eine bestimmte Marke fährt, in ein Klischee zu drücken, das nicht zu meinem Mandanten und dem makelosen Führungszeugnis und das makellose Strafregister in der Verkehrsdatei passt. Übrigens Herr Kollege, sie besitzen sicherlich scharfe Küchenmesser. Vielleicht sogar welche der besonderen Marke. Aber sind Sie deshalb gleich ein potenzieller Mörder?«

Jürgen hätte beinah gegrinst, wenn die ganze Sache nicht so ernst gewesen wäre. Dennoch gefiel ihm die Art dieses Anwaltes und er wünschte, Ingrid hätte diesen, statt den unrasierten Typ genommen.

»Bitte Herr Rechtsanwalt, das geht dann doch zu weit. Ich gebe Ihrem Einspruch aber recht. Ich bitte Sie Herr Staatsanwalt, sich an die Fakten zu halten.«

»Dieser Wagen, den Sie so faszinierend finden, hat vorne einen Rammbock. Eine besondere Stoßstange, die jeden Aufprall abwehrt. Warum haben Sie sich so eine besondere Stoßstange zugelegt?«

»Einspruch, der Herr Staatsanwalt versucht schon wieder meinen Mandanten in eine Schublade zu pressen, in der er nicht hineinpasst und die Frage an sich ist völlig irrelevant. Der Porsche ist ein Serienmodell und hat diese Form von Stoßstange als normale Ausstattung. In keiner Weise würde mein Mandant darin einen Rammbock sehen. Er ist ein Makler ohne Rambo Ambitionen.«

»Einspruch stattgegeben. Ich bitte Sie ein letztes Mal, Herr Staatsanwalt, nicht zu sehr in Fantasien auszuschweifen.«

Weil der Staatsanwalt erkannte, dass er auf diese Weise nicht weiterkam, beendete er sein Verhör.

Der Verteidiger stellte seinem Mandanten Fragen, die Herr Winkler so beantwortete, dass man den Eindruck bekam, ihn als soliden Bürger der Stadt anzusehen. Strafregister, Leumund und sein intaktes Familienleben, wurden ebenfalls erwähnt. Am Ende auch die Frage, ob er sich daran erinnerte, warum er sich so sicher war, dass er nur 30 km/h fuhr.

»Auf dem Asphalt steht in großen Lettern und in regelmäßigen Abstand, dass es sich um eine 30er Zone handelt. Daran habe ich mich auch erinnert, weil ich doch schon bei der ersten Durchfahrt so langsam gefahren bin. Und da ist doch ein sehr enger Kreisverkehr, der einen zwingt noch langsamer zu fahren.«

»*Mit einem Porsche kann man ja dann wieder sehr schnell auf Tempo kommen*« warf der Staatsanwalt sofort wieder in die Runde.

»*Es gab keine Aussage, dass jemand ein Aufheulen von einem Porschemotor gehört hat. Und auch Sie Herr Kollege, sollten wissen, dass man das nicht überhören kann. Da mein Mandant aber die Geschwindigkeit nicht besonders erhöht hat, gab es auch kein Geräusch. Vielen Dank für diesen zusätzlichen Hinweis, der bis jetzt noch gar nicht erwähnt wurde. Ich denke, wir können die nächsten Zeugen dazu befragen.*«

Mit einem breiten Grinsen im Gesicht beendete auch der Rechtsanwalt von Herrn Winkler seine Fragen. Wissend, dass der Staatsanwalt sich ärgerte, ihn so einen entlastenden Hinweis geliefert zu haben.

Der Richter ließ die Option offen, ihn später noch einmal unter Eid aussagen zu lassen.

Danach war es Ingrid, die in den Zeugenstand musste. Sie erzählte ihre Version des Vorgangs am Tag des Unfalls. Hier gab sie zu Protokoll, das Daniel sich wohl doch losgerissen hatte. Und sie stand mit dem Kind nahe einem Gartenzaun, sodass sie sicher ist, der Täter hätte das Kind sehen müssen.

»Doch das war ihm wohl egal, er schoss durch die Straße ohne Rücksicht auf die Geschwindigkeitsbegrenzung und hat meinen Daniel umgebracht. Mörder, er ist ein Mörder.«

Der Richter mahnte Ingrid sofort für diese Äußerungen. Bei Wiederholung drohte er ihr mit einer Ordnungsstrafe. Ihr Anwalt war zufrieden und lächelte. Angriff ist die beste Verteidigung. In dem Falle die beste Art, den Täter hinter Gitter zu bringen. Das war die Meinung, die er vertrat, nicht nur, weil Ingrid das gefiel.
Der Richter befragte Ingrid mehrmals zu dem Augenblick, kurz vor dem Unfall. Er wollte sich ein genaues Bild von der Situation machen. Und immer wieder die Frage nach der Richtigkeit ihrer Aussage.
Ingrid blieb bei ihrer Version. Zu oft hatte sie sich das eingeredet, jetzt glaubte sie daran, dass es auch so war. Nur so sein konnte. Er wies die Zeugin darauf hin, dass sie auch vereidigt werden könnte, dennoch wich sie von ihrer Aussage nicht ab.

Die anschließenden Zeugen entkräfteten die Aussage von Ingrid Born.

Jutta Mohr, sie sagte aus, dass sie Ingrid Born nah bei den Autos begrüßt hat. Also mehr zur Straße hin, als zu den Häusern.

Das verstärkte die Aussage von Reinhard, dass er den Jungen definitiv nicht sehen konnte. Auf die Frage nach einem besonderen Motorgeräusch kurz vor dem Unfall verneinte sie auch.

Die Zeugin Frau Wolf, sie lief zum Zeitpunkt des Unfalls auf der anderen Straßenseite, konnte nicht bestätigen oder verneinen, ob Frau Born ihren Sohn losgelassen hat. Sie wurde erst durch das furchtbare Geräusch darauf aufmerksam, das, was passiert ist. Ein Ziehen von ihrem Kind hat sie nicht so gedeutet, das er zur anderen Straßenseite wollte, oder dort jemanden gesehen hatte. Aus heutiger Sicht weiß sie, dass ihr Sohn den Daniel gesehen haben muss und wohl auch zu ihm wollte. Da der aber fest an der Hand gehalten wurde, konnte er das natürlich nicht.

Kommissar Biesenbach bestätigte die Aussage von Frau Jutta Mohr, die sie ebenfalls genauso im Präsidium ausgesagt hatte. Nicht nur, was das Loslassen von Daniel betraf. Sondern auch die Begrüßungszeit und die Umarmung. Ein weiterer Beamte berichtigte die Aussage von Ingrid, hinsichtlich der Geschwindigkeit und dem Alkoholtest.

»Der Alkoholtest ergab null. Und die Geschwindigkeit ist mit 32 km/h nur 2 km/h über die der Vorgabe. Hier ist allerdings eine Ungenauigkeit zu beachten, die nach oben, aber auch nach unten gehen kann, von 3 %. Sodass sich eine Geschwindigkeit von höchstens 33 oder 31 km/h ergeben könnte.«

Anhand von Skizzen und Fotos unterstützte er seine Aussage. Ein Gutachter bestätigte ebenfalls Geschwindigkeit und Aufprallstärke anhand der Verletzungen des Jungen und den Beschädigungen am Fahrzeug.

Herr Winkler hatte den Wagen später zu seiner Werkstatt gebracht und den Wagen dort begutachten lassen. Schäden waren an dem Wagen nicht festgestellt worden. Auch die Bremsen wurden überprüft und zu Protokoll gegeben.

Seine Versicherung berief einen weiteren Sachverständigen, der den Unfall und den Bericht der Notfallklinik genauer Untersuchte.

Dieses Gutachten wurde auch im Gericht zugelassen. Der Gutachter bestätigte, dass Daniel auch gestorben wäre, wenn Herr Winkler genau 30 Stundenkilometer gefahren wäre. Die Bremsspur entspricht dem der Geschwindigkeit und stellt ein intaktes Bremssystem dar.

Der Aufprall an der Stoßstange des Porsches war so heftig, dass es dem Jungen sofort die Lunge zerrissen hat. Lediglich die Kopfverletzungen wären eventuell geringer ausgefallen, wenn die Geschwindigkeit unter 30 gewesen wäre. Doch daran ist der Junge letztendlich nicht gestorben.

Ingrids Anwalt hatte ebenfalls einen Gutachter einbestellt. Der die Theorie verfolgte, kein Auto kein Unfall. Und Herr Winkler durfte nicht dort sein, wo er war, als der Unfall passierte. Der ja gar nicht stattfinden hätte können, wenn er sich an die Verkehrsregeln gehalten hätte. Anhand von durchschnittlichen Verkehrszählungen, die auf der Eitelstraße durchgeführt wurden, kam heraus, dass die Wahrscheinlichkeit, dass Daniel von einem anderen Fahrzeug erfasst hätte können, bei nur 2 % lag. Somit wäre das Loslassen von Daniel nicht grundsätzlich fahrlässig zu werten.
Diese These verfolgte ja auch der Staatsanwalt, der aber einräumte, dass eine Mitschuld der Mutter vorlag.
Reinhards Rechtsanwalt wies hier sofort auf das Restrisiko hin und an die damit Unerlässlichkeit, den Jungen an der Hand zur Schule zu führen.

Mit Spannung erwartete nicht nur Ingrid die Aussage ihres Mannes Jürgen Born.

Nach den Formalien wurde er vom Staatsanwalt gefragt, ob er wüsste, warum seine Frau und dass Kind das Haus früher als sonst verlassen hätte.

Doch Jürgen machte von seinem Recht Gebrauch, die Aussage zu verweigern, damit seine Frau nicht belastet werden könnte.

Ein Nachfragen seitens der Verteidigung, dass er doch seine Frau mit seiner Aussage vielleicht auch entlasten könnte, beantwortete er nicht. Der Richter entließ ihn, ohne weitere Fragen. Damit schloss er die Beweisführung. Er verzichtete auf die Vereidigung von Zeugen, obwohl er hier und da leichte Zweifel an den Aussagen von Ingrid Born und auch bei Herrn Winkler hatte.

Es folgten die üblichen Plädoyers und die letzten Worte des Angeklagten.

Der Staatsanwalt forderte für Unfall mit Todesfolge, zwei Jahre Haftstrafe auf Bewährung. Bewährung, weil Herr Winkler bisher nicht in krimineller Erscheinung getreten war.

Ingrid wurde blass im Gesicht, als sie das hörte. Zwei Jahre und das auf Bewährung, waren Worte, die sie nicht glauben konnte und auch nicht wollte. Sie sah den Staatsanwalt an, als wollte sie ihn mit ihren Blicken töten. Und wenn sie es könnte, würde sie es in diesem Moment auch tun. Ihn, der für den

Mörder ihres Sohnes nur Bewährung forderte und ihn zurück in die Freiheit schickte.

»Nein, nein. Das darf nicht sein. Er ist ein Mörder. Sie müssen ihn zu lebenslänglich verurteilen. Hören Sie doch, das darf nicht sein.«

Völlig aufgelöst und fassungslos, schrie sie die Worte dem Staatsanwalt entgegen.

Wieder ermahnte der Richter Ingrid, solche Äußerungen zu unterlassen. Verzichtete aber doch auf eine Ordnungsstrafe.

Jürgen hatte das Bedürfnis zu seiner Frau zu gehen, um ihr beizustehen, um sie vor weiterem Unheil zu beschützen, doch ihm war klar, er durfte nicht zu ihr. So blieb er sitzen, verhielt er sich ruhig aber angespannt.

Nachdem sie den Staatsanwalt mit ihren Blicken umgebracht hatte, wendete sie sich jetzt dem Angeklagten, dem Mörder zu. Reinhard saß leicht seitlich von ihr, sodass ihre Augen sich nicht direkt treffen könnten. Doch er fühlte ihre Blicke, drehte sich aber nicht zu ihr hin. Er saß auf der Anklagebank wie ein Mensch, der in Reue versunken war. Wie oft er sich Vorwürfe gemacht hatte, die Umgehungsstraße gewählt zu haben, konnte er nicht mehr zählen. Wie oft er in der Nacht wach wurde, weil er den Aufprall hörte, diesen dumpfen Aufprall, als der kleine Junge vor sein Auto lief, auch das konnte er nicht mehr zählen.

Die Last der Lüge lastete schwer auf ihn. Sollte er zugeben, dass er die Schilder am besagten Morgen gesehen hatte? Was würde es nützen? Wem würde es nützen?

Nichts würde sich ändern. Der Junge würde dadurch nicht wieder lebendig. Dafür wäre sein Leben zerstört, wenn er für den Unfall zur Rechenschaft gezogen würde. Wie schon am Unfallort, im Präsidium und am Anfang der Verhandlung, blieb er bei seiner Aussage und schwieg.

Die Männer in Schwarz starrten ihn immer noch an. Ihre Blicke waren ernster geworden, nachdem der Staatsanwalt gesprochen hatte. Keine Sekunde wichen ihre Augen von ihm ab. Sie warteten darauf, dass er zerbrach. Dass er aussagen und zugeben würde: Ja ich bin ein Mörder.

Zur rechten Zeit stieß ihn sein Anwalt an und bemerkte, dass er bei seiner Forderung bleiben wird, unschuldig am Tod von Daniel und deshalb auf Freispruch plädieren würde.

Reinhard nickte nur.

Der Anwalt von Herrn Winkler forderte wie erwähnt, einen Freispruch von der Anklage, Unfall mit Todesfolge. Stattdessen wäre sein Mandant nur wegen einer Verkehrswidrigkeit zu Rechenschaft zu ziehen. Durch ein früheres Verkehrserlebnis war sich sein Mandant sicher gewesen, rechtmäßig die Ausweichstrecke benutzt zu haben. Einen Nachweis über eine Fahrlässigkeit ist nicht erwiesen und durch die Aussage seines Mandanten eindeutig widerlegt. Hier gilt die Aussage vor einer Vermutung, in dem Falle zugunsten des Angeklagten.

Als Letztes hatte noch mal Reinhard das Wort.

»Bitte glauben Sie mir, ich wünschte, ich könnte, dass alles rückgängig machen. Dass die Straße für den Durchgangsverkehr gesperrt ist, habe ich nicht gewusst. Ich wusste auch nicht, dass eine Schule an der Ecke ist. Und den Jungen habe ich nicht gesehen. Nicht gesehen, erst als er mir vor das Auto lief. Ich konnte nicht mehr rechtzeitig bremsen, ich habe ihn doch nicht gesehen«, dann versagte seine Stimme.

»Es tut mir leid, es tut mir leid«, bekam er dann doch noch krächzend heraus.

»Die Verhandlung wird für 15 Minuten unterbrochen.«

Der Richter und sein Gremium zogen sich zur Beratung zurück. Nur wenige verließen den Gerichtssaal. In den meisten Fällen die holde Weiblichkeit. Bedürfnisse eben. Da im gesamten Gerichtsgebäude Rauchverbot galt, wäre der Weg bis vor die Tür zu weit gewesen, sodass auch die Raucher im Saal blieben.

Der Anwalt und Reinhard besprachen, wie sie weiter vorgehen sollten.

»Herr Winkler. Zwei Jahre auf Bewährung ist eine milde Strafe, aber eine Strafe. Damit sind Sie vorbestraft. Wir sollten bei einer Verurteilung in die Berufung gehen. Außerdem wären Frau Born alle Türen und Tore geöffnet, Sie privat zu verklagen. Wie hoch kann ich nur ungefähr einschätzen. Aber bei Todesfolge kann das richtig teuer werden und eins ist dann auch klar, in ihrem Beruf können Sie dann nicht mehr arbeiten.«

»Ich verlass mich da ganz auf Sie. Ohne meinen Beruf, was soll ich ohne meinen Beruf machen. Wovon sollen wir Leben, ich meine, ich habe doch nichts Anderes gelernt.«

»Deswegen Herr Winkler, benötigen wir einen Freispruch.«

Ingrid haderte mit ihrem Anwalt, der ihr jedoch zu verstehen gab, in die Berufung zu gehen, und der Kerl dann schon noch sein gerechtes Urteil bekommen würde. Sie sollte ihm auch weiterhin vertrauen. Schließlich hätte er es ja geschafft, ihn in den Gerichtssaal zu bekommen, obwohl er ja nur eine Ordnungswidrigkeit begangen haben soll.

Ein Tatbestand, der so nicht stimmte. Angeklagt wurde er vom Staat. Reine Routine bei solchen Unfällen. Doch das erzählte der windige Anwalt seiner spendablen Mandantin nicht.

Jürgen versuchte, mit seiner Frau ins Gespräch zu kommen, wollte sie ermahnen, hinweisen, dass sie mit ihren Worten aufpassen sollte. Doch sie ignorierte ihn. Wendete sich demonstrativ ihrem Anwalt zu, so als wollte sie ihm damit zeigen, er ist er Mann der Stunde. Als Jürgen die Sinnlosigkeit seiner Unternehmung erkannt, ging er zu seinem Sitz zurück und wartete wie alle anderen auf den weiteren Verlauf der Verhandlung.

Nach fünfzehn Minuten waren nicht nur die Frauen wieder an ihrem Platz, sondern auch der Richter und sein Gefolge.

»Im Namen des Volkes ergeht folgendes Urteil.
Der Angeklagte wird von der Anklage - Unfall mit Todesfolge - freigesprochen. Er erhält aber eine Anzeige und wird darin wegen einer Verkehrsübertretungen zur Rechenschaft gezogen.«

Stille! Genau zwei Sekunden lang herrschte Absolute Stille im Saal, dann brach es aus Ingrid heraus.

»Nein, nein. Das geht nicht. Sie können doch den Mörder von Daniel nicht freisprechen. Das geht nicht«, schrie sie wild und voller Zorn.

Leichenblass sah sie zu dem Mann, der ihr Kind getötet hat. Sie ignorierte den Richter, der laut und vernehmlich um Ruhe bat und brüllte Reinhard Winkler an.

»Mörder!«, schrie sie. *»Du bist ein Mörder. Warum hast Du nicht zugegeben. dass Du meinen Daniel auf dem Gewissen hast. Du gehörst auf den elektrischen Stuhl. In der Hölle sollst Du schmoren, du elendiger Mörder!«*

Der Richter ermahnte jetzt nicht nur Ingrid, sondern verhängte die angedrohte Ordnungsstrafe. Danach verlas er die Urteilsbegründung. Doch die hörte Ingrid nicht mehr.

Auch nicht was der Richter zur Urteilsbegründung vortrug.

Er kommt frei. Der Mörder ihrer Zukunft, ihren Sinn des Lebens kann gleich aus dem Saal gehen, so als wäre nichts gewesen. Das darf nicht sein. Sie konnte keinen klaren Gedanken fassen, alles drehte sich um sie.

Ein Blick zu ihrem Anwalt konnte sie auch nicht beruhigen. Der packte schon seine Akten zusammen.

»*Da haben wir leider keinen Einfluss drauf. Das ist Sache der Staatsanwaltschaft. Ich werde ihn aber anschreiben und ihn auffordern in die Berufung zu gehen. Ich bin sicher, dass er dann was unternimmt. Wir werden Herrn Winkler auf Schadensersatz verklagen. Entsprechende Unterlagen werde ich vorbereiten. Wenn wir ihn schon nicht in den Knast bekommen, so soll er wenigstens ordentlich zahlen*«, das war alles, was er ihr ankündigen konnte.

»*Gibt es dazu Anträge, seitens der Anwälte?*«, fragte der Richter nach seiner Urteilsbegründung.
Der Staatsanwalt winkte ab. Eigentlich hätte ihr Anwalt sie nun darauf hinweisen müssen, dass nun ein Schreiben seinerseits sinnlos wäre, doch das unterließ er natürlich.
»*Aufgrund der Zeugenaussagen wird die Staatsanwaltschaft eine Klage gegen Frau Born wegen Aufsichtspflichtverletzung mit Todesfolge einreichen.*«

Jürgen zuckte leicht zusammen, in der Erkenntnis, dass der Leidensweg für sie noch lange nicht beendet sein wird.
Die Protokollantin nahm das in ihren Bericht auf.
Ingrid hörte diese Ansage nicht wirklich.

»Machen Sie sich keine Sorgen. Das wird die Staatsanwaltschaft nicht aufrecht halten können. Schließlich haben wir ja das Gutachten von dem Polizisten, was die Verkehrslage angeht. Das sagt ja ganz klar aus, dass von den Autos kaum Gefahr ausgeht.«

Nun horchte Ingrid auf.
»Wie bitte? keine Gefahr ausgeht? Ein Auto hat meinen Daniel getötet, weil kein Auto da war? Sind Sie von Sinnen. Verschwinden Sie, sie Taugenichts«, fauchte sie den Winkeladvokaten an, der nur mit den Schultern zuckte.
Ingrid sackte in sich zusammen.

Der Richter nahm den Antrag zu Protokoll. Durch die Akzeptanz des Urteils durch den Staatsanwalt stand der Rechtskräftigkeit nach Ablauf der Frist für Einsprüche nichts mehr im Wege. Auch der Anwalt von Reinhard signalisierte, dass sein Mandant das Urteil akzeptieren würde. Allerdings behielt er sich vor, eine Nebenklage auf Schmerzensgeld einzureichen. Auch das wurde im Protokoll festgehalten.
Ingrids Anwalt unterließ es auch hier, Ingrid darauf aufmerksam zu machen, dass sie wohl noch ein weiteres Verfahren zu erwarten hatte.

Jürgen, der sehr wohl gehört hatte, was da geredet und welche Anträge gestellt wurden, bekam Wut auf diesen unfähigen Rechtsverdreher.

»Damit ist die Sitzung geschlossen.«
Kaum, dass der Richter das sagte, erhoben sich alle Leute wieder. Richter und Anhang verließen den Raum. Die merkwürdigen Männer in Schwarz waren danach die ersten, die den Gerichtssaal verließen. Als Reinhard und sein Anwalt den Saal verlassen wollten, kam Frau Born auf ihn zu und sagte in lautem unüberhörbaren Ton.
»Du Mörder wirst büßen. Wirst büßen müssen, für den Mord an meinem Daniel. Verlass dich drauf.«
Jürgen und der Anwalt von Ingrid waren schnell zur Stelle und zogen sie von Reinhard weg.
»Lasst mich, dieses Schwein ist frei und mein Junge ist Tod. Mörder.«
Sie versuchte, sich aus den Griffen der Männer zu befreien, doch Jürgen hielt seine Frau eisern fest.

Reinhards Anwalt, Dr. Wirts, hielt es für besser, zu gehen. *»Sie weiß nicht, was sie sagt. Ich denke nicht, dass wir eine Klage wegen Bedrohung oder Beleidigung in Erwägung ziehen sollten, oder sehen Sie das anders?«*
»Nein, ist schon gut. Sehe ich auch so. Sie tut mit eigentlich nur leid.«

»Ich gratuliere Ihnen zu dem Freispruch. Das Urteil kommt noch schriftlich. Das sende ich Ihnen dann zu. Der Bußgeldbescheid wird Ihnen zugestellt. Eine Verhandlung wird es darüber sicherlich nicht geben. Den Bescheid bitte an mich, dass ich ihn mir mal ansehen kann. Wird aber keine große Sache, da bin ich mir sicher.«

Die beiden verabredeten einen Termin, um zu besprechen, wie sie jetzt weiter vorgehen sollten. Anfechten des Urteils wurde ja schon im Gerichtssaal von beiden Seiten abgelehnt. Die Erfolgschancen auf eine Schadensersatzklage waren nun gestiegen.

»Danach sende ich Ihnen meine Kostenabrechnung. Nur zur Ansicht, die eigentliche Rechnung geht an Ihre Versicherung.« Der Händedruck des Anwalts war fest, als er sich von Reinhard Winkler verabschiedete.

»Auf Wiedersehen Herr Winkler.«

»Auf Wiedersehen Herr Dr. Wirts. Vielen Dank für alles.«

»Ist schon gut. Passen Sie auf sich auf.«

Der Anwalt ging mit schnellen Schritten den Gang hinunter. Reinhard setzte sich noch auf eine der Bänke vor dem Gerichtssaal. So richtige Freude über das Urteil wollte bei ihm nicht aufkommen. Klar hatte er auf einen Freispruch gehofft und nun auch bekommen. Doch mit welcher Konsequenz? Die Frau wird jetzt verklagt. Die Frau, die alles verloren hatte, wofür sie in der Vergangenheit lebte. Sie ist durch den Tod ihres Kindes doch genug bestraft. Da war er sich sicher.

Noch in Gedanken an die Frau sah er die Frau erneut auf ihn zukommen.

»Mörder. *Du wirst deine Strafe noch bekommen. Deine Schuld wird nie vergessen werden.*«

Reinhard erschrak über diese Worte, obwohl er bereits im Gerichtssaal ihre Äußerungen wohl gehört und auch ernst genommen hatte. Doch nun sagte sie es ihm noch einmal ins Gesicht. Bevor er reagieren konnte, erschien der Mann von Frau Born und zog sie mit sich fort. Reinhard glaubte, einen entschuldigenden Blick bei ihm zu sehen.

Ohne weitere Worte entfernte sich das Ehepaar, dass alles verloren hatte, was sie liebten. Er konnte die Frau verstehen und nahm ihr diese Beschimpfungen auch nicht sonderlich übel, fühlte er sich doch manchmal selbst wie der Mörder des Jungen. Reinhard würde diesen schrecklichen Unfall nie vergessen können und die beiden taten ihm so sehr leid. Wenn er könnte, er würde es ungeschehen machen. Wer kann so was aus dem Kopf verdrängen? Er sicherlich nicht, hatte er doch schließlich selbst Kinder.

Auch wenn er nicht mehr so oft auf der Reichwaldallee entlangfuhr, doch immer dann, fiel ihm die Parallelstraße ein und damit auch der Unfall. Er hatte sich geschworen, diese Straße niemals mehr zu benutzen, auch wenn fünf Müllwagen vor ihm fuhren.

Auf halber Strecke auf dem Weg nach Hause, hielt er an einem Seitenstreifen an.
Warum hat der Anwalt zu ihm gesagt, -*Passen sie auf sich auf*-, überlegte er. War das nur eine Floskel, so als Hinweis, ich würde mich freuen, sie auch weiterhin als Klient begrüßen zu können? Oder sah er eine reale Bedrohung, die von der Frau ausging? Mit dem Eingeständnis, wahrscheinlich im Moment überfordert zu sein, versuchte er, nicht mehr daran zu denken. Kurze Zeit später fuhr er nach Hause und teilte seiner Frau den Verlauf und das Ergebnis der Verhandlung mit. Sie hatte es nicht für nötig gefunden, an seiner Seite zu sein. Es wären noch einige Rechnungen zu schreiben und die Kasse benötigte dringend Geld.

»Gut so. Dann warten wir mal ab, was der Anwalt aus dieser Furie herausholen kann.«
»Sie ist sicherlich gestraft genug. Ich weiß nicht, ob wir sie verklagen sollen?«

»Wenn du es nicht weißt, dann sage bitte, ich weiß nicht, ob ich es machen soll. Ich sage Ja dazu. So dicke haben wir es im Moment nicht, dass wir darauf verzichten sollten. Du kennst die Gegend, wo sie wohnt. Sicherlich wird ihr nicht die Butter vom Brot genommen, nur weil du das in Anspruch nimmst, was dir zusteht. Wie hoch wollte der Anwalt das Schmerzensgeld ansetzen, sagtest du?«

Reinhard hätte schwören können, dass in den Augen seiner Frau Habgier aufblitzte.
»Du hast doch den Brief vom Anwalt gelesen, als er uns den Vorschlag unterbreitete.«
»Waren es nicht Vierzigtausend? Eigentlich ist ja mehr drin, denn du hast mir gesagt, dass du sehr oft nicht schlafen kannst und immer ein ungutes Gefühl hast, wenn du in dein Auto steigst. Willst sogar den Porsche abgeben. Dein bis dahin ganzer Stolz. Das alles zusammen bedeutet doch eine erhebliche Beeinträchtigung und Veränderung deiner bisherigen Lebensweise. Also, als Ehefrau und als Buchhalterin unseres kleinen Familienhaushaltes, bin ich sehr dafür, dass du die Frau verklagst. Zahlt bestimmt ihre Versicherung.«

Reinhard war sich sicher, dass sie nicht lockerlassen würde, bis er das Geld, wie hoch auch immer, von der Frau eingeklagt hatte. Gleich morgen würde er den Anwalt anrufen und ihm sagen, dass er die Klageschrift aufsetzen sollte. Er war sich sicher, dass er Frau Born nicht wiedersehen würde. Und auch nicht wollte. Nach dem Vorfall im Gericht war sie ihm doch sehr suspekt geworden.

Ingrid und Jürgen fuhren ebenfalls nach Hause. Zum Feiern war den beiden nicht zu Mute, obwohl Ingrid einen Tisch in einem guten Café reserviert hatte. Den sagten die beiden nun ab. Die Feier blieb aus.
Kaum Zuhause telefonierte sie rum und erzählte allen, auch denen die es nicht wissen wollten, dass der Mörder nicht verurteilt wurde. Dass der Rechtsstaat kein Rechtsstaat mehr wäre und man wohl selbst das Gesetz in die Hand nehmen müsste. Jürgen legte keine besondere Beachtung auf die Worte von Ingrid.

Den ganzen Nachmittag wurde darüber nicht mehr geredet. Jürgen saß über eine Ausarbeitung, die er morgen im Betrieb vorstellen musste. Eigentlich schon heute. Doch da er sich den heutigen Tag sich komplett freigenommen hatte, war die Präsentation auf morgen verlegt worden.
Keine große Sache, ein paar Verbesserungen in einem kleinen Unternehmen, damit es

wirtschaftlicher arbeiten könnte. Bevor die Ausarbeitung einem Unternehmen vorgestellt wurde, diskutierten ausgesuchte Kollegen das Für und Wider aus. Nur dann, wenn diese Auswahl der Ansicht war, dass die Vorschläge einen Erfolg versprachen, ging es an den Kunden.

Das Wirtschaftsunternehmen, in dem er tätig war, beschäftigt sich erst seit kurzem auch mit mittelständischen Unternehmen. Und Jürgen, der nicht nur BWL, sondern auch von Hause aus handwerklich und vor allem kreativ war, war geradezu prädestiniert für diesen Bereich. Schnell war er zum - Head of a Department - aufgestiegen. Was aber nur bedeute, dass er als Leiter einer Abteilung, ein Recht auf einen Dienstwagen hatte und ein höheres Gehalt erhielt. Erst der - *Chief* of a Departement - stellte wirklich was dar.

Mit seinem Verdienst kamen sie gut über die Runden. Ingrid verdiente sich nebenbei was, indem sie einer Freundin in deren Boutique aushalf. Mehr ein Hobby, als wirklicher dazuverdienst. Doch so zahlte sie in die Rentenversicherung ein. Das Haus mit großem Grundstück hatten sie von ihren Eltern geschenkt bekommen. Von Ingrids Eltern, die es ihnen überschrieben haben. Dazu noch ein Haufen Kapital.

Ein Kapital, was sie zur Ausbildung und Start ihrer Kinder verwenden wollten. Dass es am Ende nur eins werden würde, wussten sie zum Zeitpunkt der Schenkung noch nicht.

»Am Mittwoch habe ich einen Termin bei dem Rechtsanwalt Dr. Meiersberg. Da werde ich mich beraten lassen, was ich noch machen kann, um diesen Mörder doch noch zur Rechenschaft zu ziehen.«
»Schon wieder ein neuer Rechtsverdreher, dem du dein Geld in den Rachen wirfst? Du weißt doch, dass du persönlich nicht gegen ein Urteil von Staat angehen kannst. Und die Nebenklage auf Schadenersatz wird auch nicht gut verlaufen. Der Herr Winkler wurde freigesprochen am Tod an unserem Daniel schuld zu sein. Konzentrier dich lieber auf das, was noch kommt.«

Irritiert sah Ingrid ihren Ehemann an.
»Was soll denn noch kommen?«
»Du wirst noch mal Post vom Gericht bekommen, dessen bin ich mir sicher. Allerdings anders als du denkst?«
»Rede nicht in Rätseln mit mir, was meinst du?«
»Du hörst nicht zu, und das ist dein Problem. Schon der Polizist hat dir damals gesagt, dass er denkt, dass du eine Anzeige bekommst wegen Aufsichtspflichtverletzung. Und der Staatsanwalt hat das ebenfalls angedeutet. Nein, eigentlich hat er den Antrag gestellt und das bedeutet wohl auch, dass du angeklagt wirst.«

Ein hysterisches Lachen verließ ihren Mund. Ungläubig starrte sie Jürgen an.

»Was redest du da? Ich weiß schon lange, dass du denkst, dass ich die Mörderin von Daniel bin. Aber du wirst sehen, der wahre Mörder bekommt seine Strafe.«

»Ich habe und werde nie sagen, dass du eine Mörderin bist. Ein Moment der Unachtsamkeit und eine Verkettung von unglücklichen Ereignissen, das ist es, was ich denke und sage. Und glaube mir, ich leide unter dem Verlust unseres Kindes genauso wie du. Und da wird auch der beste Anwalt nichts dran ändern können. Ich sehe aber auch die Realität, dass es weiter gehen muss im Leben. Doch davon bist du weit entfernt.«

Jetzt kam Ingrid in Fahrt.

»Soll ich etwa genau wie du, alles auf sich beruhen lassen? Kind tot, alles gut. Komm, wir machen schnell ein neues und die Sache ist vergessen? Ist es das, was du von mir verlangst? Ist es das?«, schrie sie selbstquälerisch.

»Nein, Ingrid, das ist nicht, was ich verlange. Ich möchte nur, dass du wieder an einem normalen Leben teilnimmst. An unserem, ja auch an meinem Leben wieder Interesse hast. Doch du verkriechst dich stundenlang in dein Trauerzimmer. Verbringst Stunden auf dem Friedhof. Wenn du glaubst, dass ich das noch länger mitmache, dann hast du dich leider geirrt.«

»Du gönnst mir meine Trauer nicht? Das weiß ich schon lange. Doch ich bin eben nicht so eiskalt wie du. Wenn du gehen willst, dann mach das. Ich werde dich nicht halten. Denke aber daran, dass das Haus mir gehört. Es ist von meinen Eltern.«

Jürgen erkannte, dass seine Frau ihn überhaupt nicht verstand, nicht verstehen wollte.

Um die Situation nicht weiter eskalieren zu lassen, schwieg Jürgen. Das Haus hatten die Eltern bewusst auf beide umgeschrieben. So wollten sie wohl die Ehe stärken, den Zusammenhalt höher ansetzen. Klar, dass er das wusste und bei einer Trennung ein Anrecht auf Entschädigung hätte. Im Zweifelsfall durch den Hausverkauf.

Doch noch war es nicht so weit.

Er nahm sich mal wieder den Hund, um das Haus verlassen zu können. Wenn auch nur für kurze Zeit. Früher war es Ingrids Sache gewesen, mit dem Hund Gassi zu gehen. Doch nach Daniels Tod zeigte sie wenig Interesse an dem Tier.

»Wenn ich mit ihm ums Haus gehe, bekomme ich immer Weinkrämpfe, weil ich doch oft mit Daniel dort entlanggegangen bin«, war ihr Argument und somit beschlossen, dass es nicht zu ihren Aufgaben gehörte, sich um den Hund zu kümmern.

Jürgen übernahm, so gut er konnte, die Ausläufe mit dem Hund. Heute lieber als gestern und die Spaziergänge wurden täglich länger. Er war sich sicher, wenn er Ingrid verlassen würde, dann kommt Schnuffi mit. Inzwischen verstanden die beiden sich wirklich gut. Dass der Hund Daniel vermisste, konnte man daran erkennen, dass er oft vor der Tür von Daniels Zimmer lag und leise winselte.

Im Hause Winkler war es ruhig. Die Kinder waren in ihren Zimmern und Reinhard beschäftigte sich mit seinem Terminkalender. Der Schreibtisch im Arbeitszimmer war direkt vor dem Fenster. Die Aussicht in den angrenzenden Park war eine Ruheoase für ihn. An diesem Abend sollte es aber anders sein.

Als er in den Park schaute, sah er einen Mann, der auf einer Parkbank saß und eine Zigarette rauchte. Eigentlich nichts Ungewöhnliches, wenn auch der Park an sich sehr selten besucht wurde. Doch der Mann, der dort eine Zigarette nach der anderen rauchte, trug einen schwarzen Anzug und ein weißes Hemd darunter.

Merkwürdig. Der sieht genauso aus wie einer aus dem Gericht, dachte sich Reinhard.

»Silke, kommst du mal, ich möchte dir mal was zeigen!«

»Was gibt es denn so Wichtiges? Hast du deinen Terminkalender fertig?«

»Ja, das auch. Aber es geht um den Mann da im Park!«

Seine Frau kam und beide schauten nun in den Park.

»Was ist mit dem?«

»Er sieht genauso aus, wie einer der Männer im Gericht, von denen ich dir erzählt habe.«

Silke sah einen Mann und der war schwarz gekleidet. Ok. Aber was daran so ungewöhnlich sein sollte, erschloss sich ihr nicht.

»Ein Mann, der raucht in einem öffentlichen Park. Was ist daran merkwürdig?«

»Du hast ja auch die Männer im Gerichtssaal gesehen. Die haben mir schon Angst eingeflößt. Jedenfalls hatte ich ein ungutes Gefühl. Die haben mich die ganze Zeit angesehen. Nur mich, alles andere hat sie nicht interessiert.«

Seine Frau war schon wieder auf dem Weg aus dem Zimmer. Für sie war die Sache erledigt. Nur wegen eines rauchenden Mannes im Park hatte er sie gerufen und dafür ihre Meditation unterbrochen. Jetzt war keine Zeit mehr dazu, da sie das Abendessen bereiten musste. Entsprechend war ihre Missstimmung auf ihren –Beobachter-.

Das Abendessen verlief mit einigen Diskussionen. Silke teilte die Sorge ihres Mannes nicht, dass da jemand sein soll, wer auch immer, und ihn in Augenschein nahm.

»Er ist immer noch da.«
»Wer?«
»Na der Mann im Park.«
Wieder ging Silke zu ihrem Mann. Diesmal legte sie dafür ihre Fachzeitschrift für die Frau aus der Hand. Im Dunkeln des Parks sah sie an einer dunklen Stelle eine Zigarette aufleuchten.
»Woher willst du wissen, dass es immer noch der gleiche Mann ist. Man kann doch nichts erkennen. Und Raucher gibt es viele. Kann es sein, dass du leicht überreagierst, seit der Verhandlung? Wahrscheinlich haben immer schon Menschen im Park geraucht, du hast sie nur nicht beachtet.«

Er wusste, sie sah das völlig anders und ließ die Sache auf sich beruhen. Mit einem Knopfdruck löste er das Schließen der Rollläden aus. Dann ging er nach oben ins Studio. Dort wo sie früher einige Sportgeräte aufgebaut hatten oder Silke ihre Gymnastik Übungen verrichtete. Heute nutzten die beiden Mädchen den Raum für ihre Hobbys.
Seine jüngste Tochter Vanessa malte gern und durch die große Fensterseite war das Licht Ideal für naive Malerei. Ihre kindlichen Zeichnungen erfreuten nicht nur ihre Eltern. Lena saß oft dort

oben in dem Schaukelstuhl und versank in ihre Bücher. Eine ganze Wandseite war von ihr in Beschlag mit Regalen, in denen sie ihre Leseschätze hortete.

Ohne das Licht anzumachen, betrat Reinhard den Raum und schloss schnell die Tür hinter sich. Dann ging er zum Fenster und schaute in den Park. Von hier war der Blick auf die Bank nicht ganz so gut wie vom Arbeitszimmer. Das Fenster lag zwar höher, jedoch seitlicher zur Parkbank. Reinhard konnte den Mann und auch das Glimmen der Zigarette nicht sehen. Nach einigen Minuten gab er auf und ging wieder hinunter.

»Na du Spanner, was macht dein mysteriöser Raucher?« Mit Kopfschütteln, aber ohne eine Antwort ging er durch das Wohnzimmer wieder in sein Arbeitszimmer. Heute tat es ihm leid, dass er keine Tür einbauen ließ, als er das Wohnzimmer umbauen ließ. Da der Schreibtisch von beiden genutzt wurde, wollten sie diesen Raum in das Leben intrigieren.
Am nächsten Morgen, nach dem Öffnen der Rollläden sah er in den Park.
Doch da war niemand.

Ob er sich das doch nur eingebildet hatte? In Reinhard kamen Selbstzweifel auf. Er nahm den Hund an die Leine und ging mit ihm Gassi. Eigentlich der Job seiner Frau. Doch heute wollte er mal mit ihm ausgehen. Schnurstracks ging er in den Park und auch zu der Parkbank. Doch hier deutete nichts auf einen Besucher, einem Raucher hin.

Keine Kippen. Es sind keine Kippen da. Aber hat doch geraucht!

Unsicher lief er um die Parkbank, doch nichts war zu finden. Einen Papierkorb gab es hier nicht. Fast 50 Meter weiter, an der nächsten Bank da gab es einen. Reinhard nahm den Hund wieder an die Leine und ging dorthin. Auf dem Boden war nichts zu sehen. Im Papierkorb befand sich Müll. Sollte er den nun nach Kippen durchsuchen? Und wenn er dann welche finden würde, was wäre die Erkenntnis?

Nein, er unterließ es und trottete samt Hund wieder nach Hause.

»Hat er sein Geschäft gemacht?«

In dem Augenblick war Reinhard klar, wenn ja, dann hatte er das nicht mitbekommen.

»Ja, alles ok«, und vertraute auf den Hund, der wohl was macht, wenn er denn die Möglichkeit dazu hat.

Nach dem gemeinsamen Frühstück machte sich Reinhard auf den Weg zu einer seiner Wohnungen. An der nächsten Ampel musste er halten. Da sah er, wie zwei Männer in schwarzen Anzügen und weißen Hemden die Straße überquerten.

Haben die nicht gerade zu mir rüber geschaut?

Dann schaltete die Ampel auf Grün und er fuhr weiter. Nicht, ohne schnell zu schauen, was die beiden Männer machten. Doch sie waren nicht mehr zu sehen.

Als er an dem Mietshaus ankam, fuhr eine schwarze Limousine vom Privatparkplatz des Hauses.

Merkwürdig!

Den Wagen hatte er hier noch nie gesehen.

Den ganzen Tag beschäftigte ihn der Raucher im Park, er dachte an die Männer an der Ampel und an den Wagen auf dem Parkplatz. Sollte dies alles wirklich Zufall sein?

In den nächsten Tagen sah er immer öfters aus dem Fenster. Mal war da ein Mann, zeitweilig zwei Personen, manchmal sah er auch niemanden. Was er aber so auslegte, dass diese Typen an einer für ihn nicht einsehbarer Stelle standen.

»Ich geh noch mal mit dem Hund«, war immer öfters im Haus von Familie Winkler zu hören.

Eigentlich war es Silkes Hund oder der von den Kindern. Reinhard hatte sich bis dato wenig, ja eigentlich gar nicht um den Hund gekümmert. Ein Wachhund fürs Haus hieß es damals. Jetzt nahm er den Hund als Alibi, um noch mal vor die Tür zu können. Doch immer, wenn er aus dem Haus ging und auf den Park zusteuerte, war niemand an der Stelle, an der er jemanden vermutete. Der Blick auf den Boden erstaunte ihn ebenfalls immer wieder, denn dort lagen keine Kippen, keine Zigarettenstummel. Auch der Blick in das Umfeld der Bank blieb erfolglos. Nichts war zu sehen.

Warum sollte der Mann seine Kippen mitnehmen? Das macht doch keinen Sinn, oder?

Er wusste, wenn er diese Merkwürdigkeit Silke erzählen würde, hätte sie sicherlich eine plausible Antwort. Ein Sauberkeitsfanatiker, ein Umweltfreund, eben ein »Grüner«. Deshalb unterließ er es, seine Beobachtungen ihr mitzuteilen.

Zweimal in der letzten Woche hatte er das Gefühl, als wenn ein Wagen ihm folgte. Eine schwarze Limousine. So eine, wie er vor einiger Zeit auf dem Parkplatz gesehen hatte.

Auch heute fuhr ein Wagen hinter ihm her. Reinhard bog bewusst einmal nach rechts ab, obwohl es ihn in eine andere Richtung führte, als sein eigentliches Ziel. In seinem Rückspiegel sah er, dass die Limousine weiter geradeaus fuhr. Nach ein paar Umwegen fuhr er wieder in Richtung Düsseldorf Innenstadt. Doch kaum, dass er wieder auf seiner Route war, zu einer seiner Mietwohnungen, war der Wagen wieder hinter ihm. Nein, diesmal waren es sogar zwei schwarze Wagen, die er im Rückspiegel sah. Erneuter Richtungswechsel und schon waren die Wagen verschwunden.

Danach tauchten sie auch nicht wieder auf. Ein merkwürdiges Gefühl blieb aber.

»Silke, ich weiß, dass du mich für verrückt erklärst, aber ich werde verfolgt.«

»Stimmt.«

»Was stimmt?«

»Du bist verrückt. Wer um alles in der Welt sollte dich verfolgen? Nenne mir ein Motiv? Bist du der superreiche Sohn eines Unternehmers? Nein! Oder bist du ein Firmenbesitzer, den es zu erpressen sich lohnt? Nein! Hast du dir mal überlegt, zu einem Psychiater zu gehen?«

Warum war ich nur so blöde, ihr von den Vorgängen zu berichten. Idiot, du wusstest doch, dass sie dich nicht ernst nimmt, ärgerte er sich nun über sich selbst.

Vom Fenster sah er das Glimmen einer Zigarette. Schnell entschloss er sich, diesen Raucher aufzusuchen. Auch wenn er nicht wusste, was er den Mann fragen sollte. Es ließ ihn keine Ruhe. Er musste dorthin.

»Ich geh eine Runde mit dem Hund.«

»Warum willst du schon wieder mit dem Hund raus? Ich war schon mit Brauner vor der Tür.«

»Egal, dann bekommt er heute eben doppelten Ausgang.«

Reinhard verschwieg ihr wieder, dass er mit dem Hund in den Park wollte, um zu sehen, wer da raucht. Und wenn es sich ergibt, ihm vielleicht Fragen stellen zu können. Welche, das wusste er allerdings noch nicht.

»Pass aber auf, dass du nicht dem bösen Mann mit der Zigarette begegnest«, konnte sich Silke nicht verkneifen.

Längst wusste sie, warum Reinhard den Hund nahm und mit ihm vor die Tür ging.

»Ach Silke, mach dich ruhig lustig über mich, obwohl dass alles andere als lustig ist«, nicht ganz leise warf er die Tür hinter sich zu.

Mit dem Hund, einem Boxer, fühlte er sich sicher. Er wusste ja nicht, was ihn im Park erwarten würde. Brauner hatte eine Hundeschule hinter sich und war ein guter Wachhund. Auch in Ratingen waren die Einbrüche gestiegen und mit einem Hund fühlte man sich einfach sicherer.

Er überquerte die Straße und bog in den Weg zum Park ein. Nach nur wenigen Metern sah er die Bank. Allerdings niemanden der rauchte.

Woher weiß der, wann ich aus dem Haus gehe? Und wo ist der hin?

Im Park waren nicht so viele Bäume, als dass er sich groß verstecken könnte. Und doch, der Raucher war und blieb verschwunden.

Dieses Spielchen wiederholte sich in der Woche dreimal. Er sah den Raucher, nahm den Hund und als er dort ankam, war der Typ weg. Wie vom Erdboden verschwunden.

Angetroffen hat er nie jemanden.

Einen Abend bat er Silke, sie sollte sich an das Fenster stellen und beobachten, wo der Mann hingeht und ihn über Handy verständigen. Doch wie sie aus dem Fenster sah, war der Mann schon weg. Diesmal hatte er nicht gewartet, bis Reinhard das Haus verließ.

Langsam machte sich auch Frau Winkler Gedanken über die Personen im Park.

Kurz danach war sie wieder mit der Hausarbeit beschäftigt und vergaß die Männer und den Raucher.

Bei der nächsten Verfolgungsjagd, durch eine schwarze Limousine, brach er seine Fahrt zu einem Projekt ab und suchte eine Polizeistation auf. Er fuhr zu der Polizeistation, wo er wegen des Unfalls vernommen wurde. Hoffte auf ein Gespräch mit dem Beamten, der ihn damals vernommen hatte. Der würde die Dinge, die er berichten wollte, sicherlich besser verstehen, als einer, der nicht im Thema stehen würde.

Und er hatte Glück.

Kommissar Biesenbach war im Haus und gab dem Polizisten am Eingang die Order, den Mann einzulassen.

Der Beamte an der Durchgangstür hatte seinen Ausweis verlangt und teilte ihm mit, dass er den erst nach seinem Besuch wiederbekommen würde.

Im zweiten Stock erwartete ihn der Beamte, führte ihn in sein Büro und als er sich gesetzt hatte, erzählte Reinhard seine Verfolgungsgeschichte.

Geduldig hörte Herr Biesenbach sich die Äußerungen und Vermutungen von Herrn Winkler an. Sehr geduldig sogar, sodass Reinhard dachte, der Beamte wäre jemand, der ihm glaubte.

»Herr Winkler, das klingt leider alles wie eine Räuberpistole. Sie sagen ja selbst, dass sie noch nie jemanden im Park angetroffen haben. Dass die Wagen

94

verschwinden und wieder auftauchen. Ich glaube nicht,
dass ich oder wir, die Polizei, Ihnen da helfen können.
Haben Sie schon mal daran gedacht, wie viele schwarze
Autos es gibt? Männer in schwarzen Anzügen gibt es
ebenfalls wie Sand am mehr. Das gilt auch für Raucher.
Ich sehe keine Möglichkeit, Ihnen helfen zu können. Ich
werde aber die Kollegen in Ratingen anrufen. Vielleicht
haben die immer wieder mal Zeit und schauen hier und
da mal beim Park vorbei.«
»Können sie nicht einen Streifenwagen zu dem Park
schicken? Zum Beispiel heute Abend, wenn ich Zuhause
bin. Die wissen immer wann ich Zuhause bin. Meine
Frau sagte erst neulich zu mir, dass sie kurz bevor ich
gekommen bin in den Park geschaut hat und niemanden
gesehen hatte. Doch als ich ins Haus trat, tauchte wieder
ein Mann im Park auf.«
»Ich werde mal sehen, was ich bei den Kollegen erreichen
kann. Versprechen kann ich Ihnen aber nichts. Wann
sind Sie denn in der Regel Zuhause?«
»Ach das ist ganz unterschiedlich, je nachdem wie ich die
Termine habe. Sie wissen doch, ich bin Makler und da
werden auch schon mal Termine in die Abendstunden
verlegt.«.

Kaum das Reinhard das gesagt hatte, erkannte er
selbst, dass eine Kontrolle zu seinem Feierabend
fast unmöglich ist.

»Wie ich schon sagte, zuständig ist die Polizei in Ratingen.«

Mit leicht hängendem Kopf verließ Reinhard das Büro und bekam von dem Beamten an der Tür noch den Hinweis, nicht zu viel auf eigene Faust zu unternehmen.

Draußen, auf der gegenüberliegenden Seite parkte eine schwarze Limousine. Reinhard war sich sicher, dass es eine von den Wagen war, die ihn verfolgten. Sofort war er wieder im Präsidium. Den Beamten am Eingang, der sich wunderte, dass er zurückkam, rief er zu, dass er mal schnell kommen sollte. Er sollte sich unbedingt was ansehen.

»Kommen Sie bitte mal raus. Da ist ein Auto, das müssen Sie sich mal ansehen. Bitte kommen Sie doch«, versuchte Reinhard den Mann aufzuscheuchen. Doch der ließ sich nicht aus der Ruhe bringen. Mit gemächlichem Schritt folgte er Reinhard. Als sie vor die Tür traten, war der Wagen verschwunden.

»Mist, jetzt ist der weg.«

»Wer ist weg?«

»Na, das schwarze Auto, was mich immer verfolgt. Ich wollte doch, dass Sie das Auto sehen und dem Herrn Biesenbach bestätigen, dass da ein schwarzes Auto vor der Tür steht.«

Der Beamte sah ihn an und Reinhard war klar, dass der nicht wusste, was eigentlich los war.

Er bedankte sich bei dem Beamten, obwohl der so langsam war. Er stieg in seinen Wagen und fuhr zu einem seiner Mietshäuser.

Auf dem Weg dorthin, überlegte Reinhard, was er unternehmen könnte, um den Kommissar von der Anwesenheit und Verfolgung von schwarzen Limousinen zu überzeugen. Bei den Gedanken schaute er sehr oft in den Rückspiegel. Zu oft, weil er fast seinem Vordermann aufgefahren wäre. Reinhard hatte gar nicht mitbekommen, dass eine der Limousinen genau vor ihm fuhr. Sie fuhr die Strecke, die er auch vorhatte. Der Wagen bremste kurz vor dem Haus auf der Tussmannstraße, um dann schnell weiterzufahren.

Jetzt war sich Reinhard sicher, die wissen wann und wo er hinwill. Doch wie sie das anstellten, war im völlig schleierhaft. Er machte sich immer mehr Gedanken darüber, was um ihn herum geschah. Irgendjemand wollte ihm Angst einjagen oder vielleicht auch mehr. Er dachte an seine Familie. *Was ist, wenn auch sie in Gefahr geraten? Oder werden sie schon beobachtet?* Sollte er Silke sagen, dass sie mal darauf achtet, ob ihnen auf dem Weg zur Schule jemand folgt? Nach kurzer Überlegung verwarf er diese Gedanken. Morgen würde er die Kinder selbst zur Schule bringen und sich genau umsehen. Doch was sollte er Silke sagen, warum er die Kinder zur Schule bringen wollte? Schnell war ihm bewusst, dass er ohne eine Erklärung mit dem Hintergrund der Verfolgung nicht weiterkäme. Und genau darüber wollte er Silke nicht informieren. Und wäre es nicht sogar gefährlich, wenn er die Kinder begleitet? Würde er seine Verfolger dadurch erst Recht auf seine Kinder und Silke aufmerksam machen. Er entschied sich, nichts zu unternehmen, was seine Familie gefährden könnte.

Der Beamte vom Eingang meldete den Vorfall dem Kommissar. Irgendwie kam ihm die Sache merkwürdig vor. Durch den Hinweis aufmerksam geworden, ging er zu dem Wachmann nach unten und ließ sich die Aufzeichnungen von der Außenkamera des Gebäudes zeigen. Der sah sich ertappt, dass er nicht selbst darauf gekommen war, sich das Mal anzusehen. Auf dem Film war tatsächlich eine schwarze Limousine zu sehen. Und als es wegfuhr auch ein Kennzeichen zu erkennen. Lt-IBD-263.
Der Kommissar ordnete sofort eine Überprüfung des Fahrzeugs an, die jedoch nicht von Erfolg gekrönt war. Mit Hilfe der internationalen Polizei erhofft er sich nun eine Adresse und Namen zu bekommen. In Litauen existierte diese Nummer jedoch auch nicht, wie die Kollegen ihm am nächsten Tag mitteilten.

Er gab die Limousine zur Fahndung aus. Jetzt wollte er doch wissen, wer in dem Wagen steckte.

Er gab diese Information aber nicht an Herrn Winkler weiter. Noch war es zu früh, über eine Ermittlung zu sprechen.

Im Mietshaus traf er den Mieter nicht an, der ihm einen Schaden im Bad gemeldet hatte. Der Spülkasten bei ihm wäre defekt. Am Ausflussrohr trat Wasser aus, wenn der betätigt wurde. So viel, dass er das Wasser abgesperrt hätte. Und nun war der Mieter nicht zuhause.

Merkwürdig, denn ohne Wasserspülung würde kein Mieter lange leben wollen.

Reinhard wählte die Handynummer, unter der er die Nachricht auf seiner Sprachbox bekommen hatte. Doch das nette Fräulein vom »Amt« teilte ihm mit: Diese Rufnummer ist nicht vergeben. Auch ein zweiter und dritter Versuch blieb ohne Erfolg. Reinhard warf dem Mieter eine Nachricht in den Briefkasten und bat um Rückruf. Danach verließ er das Haus. Schon automatisch machte er einen Rundumblick. Doch kein Verfolger in Sicht.

Kaum, dass er im Auto saß, kam ein Mann aus dem Haus. Reinhard erschrak, denn der war in schwarz gekleidet. Kahler Kopf und Türsteher Figur. Ganz klar einer der Männer aus dem Gerichtssaal. Der

Mann kam auf seinen Wagen zu. Reinhard blieb fast das Herz stehen.

Wenn er auch bis zu diesem Moment immer darauf gehofft hatte einen der Männer zu treffen, und ihn anzusprechen, so war es jetzt pure Angst die er spürte. Immer näher kam der unbekannte an den Wagen und sah Reinhard mit hasserfülltem Blick an. Dann wechselte er abrupt die Richtung und ging er mit schnellen Schritten davon.

Keiner seiner Mieter, das war ihm sofort klar, als er den Mann im Rückspiegel beobachte, der schnell um die nächste Ecke verschwunden war.

Warum er wieder aus dem Wagen ausstieg und ins Haus ging, wurde ihm klar, als er vor dem Briefkasten stand. Er sah hinein. Sein Zettel war nicht mehr da.

Fingiert, vorgetäuscht! Jemand hatte diesen Schaden erfunden, um ihn hierhin zu locken. Aber warum?

Warum wollte jemand, dass er hierhin fährt? Damit er nicht Zuhause ist? Diese Gedanken und das Wählen der Nummer von Silke waren eins.

»*Ja, was ist?*«, meldete sich Silke.
»*Ich wollte nur mal hören, ob alles in Ordnung ist?*«
»*Ja ist es. Was soll denn sein. Ach Reinhard nicht schon wieder deine Verfolger. Hier ist niemand der uns verfolgt? Wann kommst du nach Hause, wegen dem Essen, das ist viel wichtiger?*«

»*Ich mach mich gleich auf den Weg*«, sein erleichterter Gesichtsausdruck blieb Silke verborgen.

Nach den Kindern hatte er nicht mehr gefragt. Wenn da was nicht in Ordnung gewesen wäre, hätte Silke es ihm sofort erzählt.
Oder doch nicht?
Mit leicht erhöhter Geschwindigkeit fuhr er nach Hause.

Die Kinder begrüßten ihn wie immer. Einzig Silke sah ihn leicht besorgt an.
Möchtest du nicht doch mal mit einem Psychiater sprechen?«
Die Kinder bekamen das mit und Lena fragte.
»*Was ist denn mit dir Papa? Warum sollst du zum Psychiater?*«
»*Papa sieht hier und da Dinge, die es nicht gibt. Wahrscheinlich weil euer Vater ein wenig überlastet ist. Reinhard, nach dem Essen ruhst du dich ein wenig aus. Das wird auch schon helfen. Mit dem Psychiater war ja auch nur so daher gesagt*«, und hoffte, die Kinder damit beruhigt zu haben.

Beim Essen fragte Lena aber noch mal nach.
»*Was siehst du denn für Dinge, Papa?*«
»*Manchmal wird mir schwarz vor Augen*«, dabei sah er Silke an.

»*Ist aber nicht so wichtig, sieh zu, dass du mit dem Essen fertig wirst, sonst wird es kalt.*«

Seine Frau sagte nichts dazu und auch Lena sagte nun auch nichts mehr, sondern aß brav ihre Suppe.
Ich werde ihr weder von dem Besuch bei der Polizei, noch von dem Vorfall in der Tussmannstraße berichten, entschied er für sich.

Den ganzen Abend grübelte er aber darüber nach, woher die Männer immer genau wussten, wohin er wollte und auch wann. Eigentlich müssten sie ihn gar nicht verfolgen, sie kannten das Ziel ja schon vorher.
Er stand auf. Ohne es zu wollen, sah er sich um. Könnte doch sein, dass er abgehört wurde. Die Termine machte er zu 99 % über sein Handy. In der heutigen Zeit war es für eine Gruppe von bestimmten Leuten einfach Gespräche abzuhören. Die Medien berichteten ja ständig über Hackerangriffe. Reinhard beschloss, mehr mit dem Hausanschluss zu arbeiten. Oder noch besser, er würde sich ein gebrauchtes Handy kaufen und eine neue Chipkarte zum Aufladen dafür. Wenn sein Handy defekt wäre, müsste er sich auch anders helfen.
Ja, gleich morgen würde er das machen.

Ein Problem, eine Möglichkeit der Überwachung war ausgeschaltet.

Doch es gab ja Absprachen mit Silke, wenn er Getränke einkaufte oder sonstige Besorgungen erledigte. Auch da wussten sie, dass er unterwegs sein würde, und warteten bereits auf ihn. Der Mann im Park wusste auch immer, wann er nachhause kam.

Natürlich, ich sage ja auch: Ich geh noch mal eine Runde mit dem Hund, überlegte er weiter. *Dadurch ist der Mann gewarnt und kann rechtzeitig verschwinden.*

Morgenabend hatte Silke ihren Frauenabend. Er wusste auch, dass der diesmal bei einer Freundin stattfindet. Sobald sie aus dem Haus war, ging er auf Suche.

Auf der Suche nach »Wanzen«.

Im Wohnzimmer fing er an. Vasen, Lampen, Blumen, Bücher, die typischen Verstecke von Abhörgeräten. Doch so sehr er auch suchte, er fand nichts. Auch im Flur oder der Küche suchte er vergebens. Er beschloss, das Handy zu wechseln, um eine Art der Überwachung abzuschalten.

Am Abend sah er weder die aufglimmende Zigarette im Park, noch einen schwarzen Wagen am Haus vorbeifahren.

Eigentlich müsste ihn das jetzt freuen.

103

Tat es aber nicht.

Wieso ist heute keiner da? Was ist, wenn die Ratinger Polizei einen Hinweis aus Düsseldorf bekommen hat und heute eine Kontrollfahrt macht? Die Glauben doch dann bestimmt, ich bilde mir das alles nur ein.

»*Du hast heute Nacht so unruhig geschlafen. Weißt du, dass du neuerdings im Schlaf anfängst irgendwas zu Murmeln? Ich verstehe nicht, was du da erzählst, aber ich kann mir denken, um was es ich handelt. Das solltest du mal in einem Schlaflabor testen lassen. Lass dir dann auch gleich ein Gutachten machen. Das steigert sicherlich die Schmerzensgeldzahlung!*«

»*Was mache ich?*«

»*Du redest im Schlaf. Ich denke, du verarbeitest den Unfall in der Nacht. Oder du denkst über deine Verfolger nach, oder was weiß ich, worüber du redest. Aber wie ich schon sagte, lass dich da mal untersuchen. Auf der Grafenberger-Allee da gibt es ein Schlaflabor, die machen Tests mit dir.*«

»*Woher weißt du das?*«

»*Reinhard, ich mach mir Sorgen um dich. Seit dem Unfall bist du nicht mehr der Gleiche. Du fühlst dich verfolgt, bist unkonzentriert in deinen Geschäften und die Kinder finden auch, dass du dich abkanzelst.*«

»*War auch eine schwierige Situation, die ich da erlebt habe. Sei froh, dass dir das nicht passiert ist. Wer weiß, wie du dann regiert hättest.*«

»Hätte, Wette, Fahrradkette, pflegte mein Vater immer zu sagen. Ist mir aber nicht passiert und es geht hier also nur um dich. Was ist, soll ich einen Termin für dich machen? Ich meine es doch nur gut mit dir?«
»Nein im Moment geht das nicht, ich habe da ein wichtiges Projekt und da weiß ich nicht, wie der zeitliche Ablauf sein wird.«

Nach dem gemeinsamen, aber für Reinhard bedrückendes Frühstück, machte er sich auf den Weg zu diesem wichtigen Objekt. Da seine Geschäfte zurzeit nicht so gut liefen, freute er sich über eine Möglichkeit, ein Haus zu erwerben, was ihm eine gute Provision versprach.
Ein Haus in Düsseldorf-Unterrath. Gute Lage und ein Notverkauf. Der Besitzer benötigte Bargeld und ein langwieriger Verkauf kam für ihn nicht in Frage. Das Haus mit großem Grundstück, war auf 380.000 € angesetzt worden. Nach Lage und Größe ein Schnäppchen, was Reinhard ein Lächeln über die Lippen gleiten ließ, nach all dem Ärger und Vorkommnissen.
Auf dem Weg dorthin, musste er an einer roten Ampel halten. Es ist die erste Ampel auf dem Weg in die Stadt. An dieser Ampel kam er nicht vorbei, oder er müsste über den Ostbahnhof fahren. Der Weg war jedoch länger und es gab viel mehr Verkehr. Außerdem käme er auf dieser Strecke

wieder auf die Reichswaldalle. Und das vermied er, wann immer er es konnte.

Deshalb fuhr er in letzter Zeit fast immer diesen Weg in Richtung Düsseldorf. Als er an der Kreuzung hielt und darauf wartete, dass die Ampel wieder auf Grün schaltet, sah er, wie zwei Männer in schwarzen Anzügen die Straße überquerten. Sofort dachte er an die Männer im Gericht. Ähnlichkeiten waren da. Groß, kräftig und schwarz gekleidet.

Haben die nicht gerade zu mir rüber geschaut?

Die Ampel schaltete um und Reinhard musste losfahren. Nicht, ohne schnell zu schauen, was die beiden Männer machten. Doch sie waren nicht mehr zu sehen.

Weg, von jetzt auf gleich. Wo waren sie hin?

Das hatte er doch schon einmal erlebt.

Mit einem unguten Gefühl fuhr er weiter in Richtung Düsseldorf und dachte darüber nach, was er gerade gesehen hatte.

Zwei Männer in schwarzen Anzügen. Das empfand er als ungewöhnlich, jedenfalls um diese Uhr- und Jahreszeit, denn es war schon Herbst und nicht mehr so warm. Die beiden Männer trugen keinen Mantel oder Jacke. Waren es doch Versicherungsvertreter? An der Ecke war eine große Niederlassung der »Gelben Engel«. Doch sie gingen in die andere Richtung, dorthin wo nur

Wohnblöcke standen. Und doch waren sie verschwunden.

Zufall. Sie werden dort wohnen und haben ihr Auto auf dem kleinen Parkplatz von dem Supermarkt abgestellt. Ja, so wird es sein, stellte Reinhard für sich die Sache gerade.

Er konzentrierte sich nun wieder auf den Ankauf von dem Haus in Unterrath.

Als er in die kleine Straße vom Geranien-Weg einbog, sah er, wie ein Wagen den Parkplatz verließ und wegfuhr. Reinhard freute sich, mal wieder Glück auf der Suche nach einem Parkplatz zu haben. Was er sehr oft hatte, im Gegensatz zu seiner Frau, die unendliche Zeit mit Parkplatzsuche verbrachte. Was ihn allerdings stutzig machte, dass es sich um einen schwarzen Wagen handelte, der ihm diesen Platz bescherte.

Hat dieser Wagen auf mich gewartet, damit ich hier parken kann?

Reinhard, jetzt ist es aber langsam gut, du drehst langsam durch. Es war ein schwarzer Wagen ja, aber war es auch eine Limousine, so wie die anderen, fragte er sich in Gedanken.

»Da ist das Haus, du hast einen Parkplatz und nun kümmere ich um das Projekt«, sagte er vor sich hin und versuchte seine Gedanken zu ordnen.

Von außen sah das Haus gepflegt und ordentlich aus. Fenster und Dach in gutem Zustand. Reinhard konnte mit einem Blick feststellen, welche Dinge gut waren, oder wo saniert werden müsste.

Mal sehen, wie es innen aussieht, fragte er sich und klingelte an der Tür.

Fast erschrak er, denn ein Mann in schwarzer Kleidung öffnete ihm die Tür.

»Guten Tag. Herr Winkler nehme ich an?«

Der Mann begrüßte ihn in gutem Deutsch, hatte aber einen leichten Akzent.

»Ja, und Sie sind Herr Cherney?«

Als der mit dem Kopf nickte und freundlich *»Ja«* sagte, gab Reinhard ihm die Hand.

Die schlug er aber aus, zeigte seine Hand, die einen Handschuh trug.

»Sorry, geht nicht, ich habe einen ansteckenden Ausschlag. Lieber nicht.«

Ohne weiter darüber nachzudenken ging Reinhard mit Herrn Cherney ins Haus.

»Schön, dass der Termin so kurzfristig geklappt hat.«

»Ich sagte Ihnen ja schon am Telefon, das mein Auftraggeber es eilig hat, das Projekt abzustoßen. Er ist aus Russland und möchte nun wieder dorthin, da er die Möglichkeit hat, in der Regierung mitzuwirken. Ein Privileg, was nicht jeder bekommt. Umso mehr freut es

ihn und deshalb möchte er so schnell wie möglich alles verkaufen.«

»Das heißt, auch die Inneneinrichtung ist Bestandteil des Verkaufs?«

»Aber das habe ich Ihnen doch per Mail geschrieben, ein Komplettverkauf!«

»Ok, das habe ich anders ausgelegt.«

»Kommen Sie, ich führe Sie durch das Haus. Wie Sie sehen werden, ist das Haus in einem guten Zustand. Auch das Inventar ist sicherlich einiges Wert. Mein Auftraggeber ist aber nicht mehr daran interessiert. Er wird sich in Russland wieder mit Produkten aus seinem Land einrichten. Er sagte, Germany und Germany Produkte. Jetzt ist Russland und dann auch russische Produkte. Väterchen Russland eben, Sie verstehen?«

»Ja, gewiss«, antwortete Reinhard, verstand aber nicht wirklich, warum man nicht deutsche Dinge in Russland besitzen sollte.

Aber der Kunde ist König. Alles gut.

Reinhard schaute sich um und das, was er sah, erfreute sein Herz. Vergessen war sein ungutes Gefühl, als er den Makler an der Tür das erste Mal sah. Er war freundlich und zuvorkommend. Auch er trug ja einen Anzug, wenn auch nicht schwarz. Doch dunkelblau war ja auch nicht hell. Anstelle eines weißen Hemdes trug er ein hellblaues mit entsprechender Krawatte. Der Mann trug ein weißes Hemd, aber keine Krawatte, fiel ihm jetzt auf. Nun, jeder wie er möchte.

Im Wohnzimmer hatte der Mann die Unterlagen bereitgelegt. Notariell beglaubigte Vollmachten, Personalausweis des Verkäufers, Grundbuch und weitere Unterlagen. Auch einen Ordner mit dem Etikett -Sanierungen und Rechnungen-, lagen auf dem Tisch.

»Damit Sie sehen können, was in den letzten Jahren alles gemacht wurde, um das Haus in einem guten Zustand zu halten.«

So einen guten vorbereiteten Verkauf hatte er schon lange nicht mehr gesehen. Meistens fehlten Unterlagen oder Beglaubigungen. Hier war es perfekt.

»Ich sehe, dass Sie alle Unterlagen gut vorbereitet haben«, sagte Reinhard dem Kollegen dann auch.

»Nun, das ist ja schließlich unser Beruf. Ich hoffe, auch Sie sind gut vorbereitet und haben einen Termin bei ihrer Bank gemacht.«

»Ja natürlich. Dort ist auch Herr Fröhlich anwesend. Ein Bankangestellter, der die Unterlagen noch einmal prüfen wird. Ein Angebot der Bank, was ich immer gerne in Anspruch nehme.«

Einen kurzen Moment schien es so, als wollte Herr Cherney Einspruch erheben.

Sagte dann aber, *»selbstverständlich kann die Bank und soll die Bank Einsicht nehmen. Auch wir, also mein*

Mandant ist ja daran interessiert, dass die Abwicklung einwandfrei verläuft, damit er später damit nichts mehr zu tun hat.«

Mit den Unterlagen fuhr man zu der Bank und wickelte dort auch das Geschäft ab. Nichts sprach gegen einen Kauf des Objektes und so wechselte Haus und Geld ihre Besitzer.

Der Notar der Bank beglaubigte den Kaufvertrag. Leider musste Reinhard diese Kosten tragen und schmälerten den Gewinn. Doch es blieb ja ein gutes Sümmchen übrig, da war er sich sicher.

Der russische Makler bedankte sich im Namen seines Auftraggebers und verließ mit dem Geld vom Verkauf die Bank. Auch Reinhard verließ kurz danach die Bank und fuhr zurück zum Haus.

Seinem eben erworbenen Haus!

Dort sah er sich nun genauer um. Auf einem Block notierte er sich einige der Sachen, die er als besonders wertvoll hielt. Mit einem glücklichen Gefühl, seiner Frau dieses Schnäppchen mitzuteilen, fuhr er nach Hause.

Schnell hatte er die Sektflasche aufgemacht.

»Was feiern wir denn, Herr Winkler?«

»Ein Schnäppchen. Gekauft für 380.000 und wird verkauft für 500.000. Das feiern wir. Und da sind noch nicht die Wertgegenstände eingerechnet, die in dem Haus sind.«

»*Welche Wertgegenstände?*«, fragte Silke nun nach.
Wertgegenstände bedeuten Geld in der Kasse und
das war dringend nötig.
»*Morgen früh fahre ich noch mal in das Haus und
fotografiere alles, was ich glaube verkaufen zu können.*«
»*Aber dann minderst du doch den Wert vom Haus und
seinem Innenleben.*«
»*Die Sachen sind einfach zu gut, als dass ich die dem
nächsten Käufer überlasse. Ich bekomme sicherlich mehr
dafür, wenn ich die Stücke selbst verkaufe und den Preis
vom Haus bei 500.000 lasse. Glaub mir. Ich mach das
schon. Prost!*«
Es wurde ein schöner, harmonischer Abend.
Reinhard hatte das Rollo heruntergelassen und
wollte an diesem Abend nichts sehen und nichts
wissen, von Rauchern im Park oder schwarzen
Männer in Limousinen.

Auf der Fahrt zu dem neuerworbenen Haus war
wieder eine Limousine hinter ihm. Zwei
Ablenkungsmanöver brachten nichts ein. Als er in
die kleine Straße fuhr, die zu dem Haus, und damit
zu seinen Schätzen führte, sah er, wie schon wieder
ein schwarzer Wagen losfuhr. Reinhard konnte sich
die Nummer merken.
Lt- IBD-263.
Die getönte Heckscheibe ließ allerdings keinen Blick
in das Innere zu.

Nachdem er sich die Nummer in seinem Planer notiert hatte, parkte er den Wagen an der nun freien Stelle.

Ist schon merkwürdig, dass ich hier schon wieder, direkt vor dem Haus einen Parkplatz serviert bekomme. Er stieg aus und machte sich auf zur Wertsachen Bestimmung.

Im Haus waren so viele Kunststücke, dass er von vielen nur Fotos machte. Jedes Teil zu beschreiben oder zu betiteln, würde den ganzen Tag benötigen. Einige Stücke und Bilder packte er in sein Auto und fuhr direkt zu einem Kunsthändler. Schon einige Male waren sie ins Geschäft gekommen, da gerade in Nachlasshäusern das ein oder andere Kunstwerk stehen blieb.

Schnell waren die beiden sich einig und Reinhard hatte 20.000 € in der Tasche. Weitere 40.000 gäbe es für die Gegenstände und Bilder, die sich der Händler aus den Aufnahmen von Reinhards Handy ausgesucht hatte. Weitere würde er in Kommission nehmen und nach dem Verkauf mit ihm abrechnen.

Das müsste mir zwei- bis dreimal im Jahr passieren und alle meine Sorgen würden sich in Luft auflösen.
Dabei dachte er auch an Silke, die ihn ja sonst immer für einen Versager hielt. Nicht immer, aber oft. Doch nun konnte er ihr zeigen, wie gut er war.

Voller Stolz legte er dann auch das Geld auf den Tisch.

»He, sollte ich mich geirrt haben und mein Mann ist doch der erfolgreiche Selfmade-Millionär?«

»Nicht Millionär, aber Selfmade stimmt wohl.«

Am Abend gingen sie aus. Italiener. Nur ein paar Straßen weiter. Als sie das Lokal betraten, waren nicht viele Gäste da, aber genug, um eine schöne Atmosphäre zu haben. Reinhard sah sie sofort. Zwei Männer an einem Tisch in der Ecke. Zwei Männer in schwarzen Anzügen.

Woher wissen die, dass ich hier bin?

Nachdem sie sich gesetzt hatten, er setzte sich so, dass er die Männer im Rücken hatte, sagte er zu seiner Frau:

»Kannst du mal unauffällig an mir vorbeischauen. Dann wirst du zwei Männer sehen. Das sind die Männer, von denen ich dir immer erzähle und du mir nicht glaubst. Jetzt kannst du sie dir ansehen. Aber unauffällig bitte. Ich weiß nicht, wozu diese Männer fähig sind.«

Silke, die sich darauf konzentriert hatte, was für einen Wein sie bestellen würde, sah ihren Mann ungläubig an. Sah dann aber doch in seine Richtung und zu dem Tisch hinter ihm.

»Ja, ich sehe zwei Männer. Und ja, sie sind schwarz gekleidet aber das ist bei einem Italiener normal. Ist dir

aufgefallen, dass alle Kellner schwarz gekleidet sind. Und einen weißen Anzug hast du auch nicht an.«

»Dunkelgrau ist nicht schwarz. Ich meinte ihre Kleidung, ja. Aber vor allem ihr Aussehen. Glatze, Stirnnacken und Schultern wie der Schwarzenegger.«

»Nimm dir die Speisekarte und suche dir was aus. Am besten ein Steak, dann wirst du auch was kräftiger.«

Ihm war klar, dass seine Frau ihn in dieser Angelegenheit nie ernst nehmen würde. Die beiden Männer zahlten, bevor Reinhard und Silke ihr ausgewähltes Essen bestellten. Der Kellner verabschiedete sie mit den Worten:

»Bis Freitag, wie immer 17.00 Uhr?«

»Klar, du weißt doch, einmal die Woche brauche ich schlechtes Essen!«, sagte einer der beiden.

Dann verließen sie endgültig das Lokal.

Silke, die das Gespräch mitbekommen hatte, sah ihren Mann an und schüttelte den Kopf.

»Fremde, die wegen dir da sind? Ich frage mich langsam wirklich, ob du nicht doch mal zum Psychologen solltest.«

Auch er hatte die Unterhaltung mitbekommen. Sollte das wieder Zufall sein? Alles sprach dafür, doch er traute dem allen nicht. Irgendwas stimmte nicht, da war er sich sicher. Sagte aber:

»Na ja, da habe ich mich eben geirrt. Verzeih mir. Also was möchtest du essen? Der Kellner steht schon da und wartet auf unsere Bestellung.«
Damit beließen es die beiden auch und widmeten sich dem Essen.
»Was hältst du von einer schönen Schiffsreise?«
»Ach Reinhard, lass uns darüber reden, wenn du das Haus gewinnbringend verkauft hast. Außerdem stellt sich wie immer die Frage, wohin mit den Kindern? Und im Sommer ist es zu voll und zu stressig.«
Damit war für sie das Thema Urlaub beendet. Außerdem hatte er schon oft die Dollars in den Augen und am Ende sah er nur eine leere Kasse.

Kaum Zuhause stellte sich Reinhard wieder ans Fenster. Fast enttäuscht musste er feststellen, dass keine Gestalt und keine Glut zu sehen waren.
Sollte der Spuk zu Ende sein?
Schnell würde er merken, dass der noch lange nicht zu Ende war.

Schon am nächsten Morgen fuhr die Limousine wieder hinter ihm her. Im Rückspiegel sah er sich das Kennzeichen an. LT sah er, aber das kannte er ja schon, die Buchstaben und Zahlen waren allerdings anders.
RSW und 079 schrieb er in sein Notizbuch, als er an einer Ampel anhalten musste.

Er bog weder nach rechts oder nach links ab. Wusste er doch, dass sie ihn trotzdem finden würden.

Doch wieso das so war, war ihm immer noch ein Rätsel. Wieso kannten sie sein Ziel? Woher wussten sie, dass er wieder nach Unterrath fuhr?

Sein Handy hatte er gewechselt, eine neue Chipkarte eingelegt. Er achtete sehr darauf, es nicht unbeobachtet liegen zu lassen. Die neue Telefonnummer hatte er nur einem ausgesuchten Personenkreis mitgeteilt. Doch bei einem Makler sind Vertrauenspersonen oft Kunden. Und wenn sie auf eine Anzeige reagieren, so musste er zwangsläufig seine Nummer preisgeben. Er erkannte schnell, dass diese Aktion sinnlos gewesen war. Abhören wäre mit dem neuen Handy auch möglich.

Als er in die kleine Seitenstraße einbog, achtete er darauf, ob wieder ein schwarzer Wagen wegfuhr. Doch diesmal wurde er enttäuscht, oder glücklich gemacht. Allerdings gab es somit auch keinen Parkplatz direkt vor dem Haus. Ein paar Häuser weiter fand er zum Glück dann doch noch einen. Kaum, dass er im Haus war, klingelte es auch schon an der Haustüre.

Die ersten Käufer kamen und es sah so aus, als würde er diesmal den Hauptgewinn bekommen. Jeder der das Haus besichtigte, war begeistert. Einige von ihnen wollten die Inneneinrichtung genauso übernehmen. Den Preis von 500.000 hatte er schon längst überschritten. Ja, er konnte es sich leisten, dass er die Kunden aufforderte, ihm ein Angebot nach Hause zu schicken. Dort würde er dann eine Verkaufsentscheidung treffen.

Was er dann auch schon nach einer Woche tat.

»180.000 in kaum vierzehn Tagen nur am Haus verdient. Wenn ich die Wertsachen noch dazu rechne, komme ich auf gut und gerne 250.000 €. Nichtschlecht Herr Winkler. Nicht schlecht.«

So und noch mehr lobte er sich selbst.

»Du kommst aber spät, war was Besonderes?«, fragte ihn Silke.

»Nein, nicht wirklich. Ich habe nur das Haus für 560.000 € verkauft.«

»Du hast was?«

»Ich habe das Haus verkauft. Das Haus in Unterrath.«

Er grinste seine Frau an, die zufrieden lächelte. Das musste gefeiert werden.

»Italiener oder Grieche?«

»Ach mein Göttergatte. Da muss ich dich mehr als nur loben und ich würde den Griechen vorziehen. Die Kinder sicherlich auch.«

Silke ging zu Reinhard, umarmte ihn und gab ihm einen dicken Kuss. Er nahm das als Entschuldigung für ihre Meinung, er würde nichts auf die Reihe bekommen. Jetzt hat er sie mit diesem Deal überzeugt, dass er in seinem Job gut war. Richtig gut, sogar.

Beim Essen fragten dann auch die Kinder, warum sie mitten in der Woche in ein Lokal gingen.
»*Euer Vater hat ein gutes Geschäft abgeschlossen und das wollten wir feiern.*«
»*Feier deine Feste, solange du kannst, später kann es zu spät sein, pflegte mein Vater immer zu sagen*«, kam dann von den Kindern.
Silke konnte darüber gar nicht lachen, Reinhard und die Mädchen schon.
Beim Essen wurden dann die ersten Urlaubspläne geschmiedet. Griechenland kam dabei nicht durch Zufall ins Gespräch. Eine Einigung kam an dem Abend dennoch nicht zustande.

»*Du kommst spät heute, war was Besonderes?*«
»*Nein, nur verquatscht. Aber seit wann interessiert du dich wieder dafür, wann ich nach Hause komme?*«
Er bemerkte selbst, wie unhöflich das war.

»Sorry, ist mir nur so rausgerutscht. Altlasten«, und schon wollte Jürgen nach oben ins Arbeitszimmer gehen.

»Ich war bei deiner Schwester und wir haben uns sehr gut unterhalten.«

»Bitte verzeih, dass ich das immer noch für ungewöhnlich halte. und verstehe nicht, warum du dich mit ihr auf einmal so gut verstehst.«

»Manchmal ändert man seine Meinung über einen Menschen.«

»Bitte verstehe mich nicht falsch, Ingrid. Ich finde es ja gut, dass ihr euch jetzt besser versteht und du so jemanden hast, mit dem du Reden kannst.«

»Ach, kommt jetzt wieder diese Psychoscheiße?«

»Nein, ist schon gut. Ich sage nichts mehr.«

Jürgen ging nun endgültig ins Arbeitszimmer.

Mittlerweile sein Lieblingsort, auch wenn er das Zimmer nicht verschließen konnte. Doch auch so war er abseits des Ehegeschehens. Ingrid kam nur selten nach oben. Sie war froh, wenn er sie in Ruhe ließ. In jeder Hinsicht. Mittlerweile hatte er sich oben auch schon eine Liege aufgestellt. Ihm war klar, dass er so nicht weiterleben wollte. Zu zweit allein, nein das wollte er nicht. Ingrid war verbittert, lachte nie und vergrub sich in Daniels Zimmer.

Er dachte auch daran, dass sie das Haus verkaufen sollten und irgendwo neu anfangen. Doch nur eine Andeutung genügte und Ingrid schrie sofort los.
»Wenn du ausziehen willst, bitte sehr. Ich jedenfalls bleibe hier. Hier ist mein Zuhause und keine zehn Pferde bringen mich hier raus. Merk dir das.«
Jürgen sprach das Thema nicht mehr an, sondern suchte eine kleine Wohnung für sich, in die er irgendwann einziehen würde.

Die Rezeptionistin der Firma, Frau Mölgers, hatte ihm eine Immobilienmaklerin empfohlen, die für Mitarbeiter der Firma Unterkünfte besorgte. Mitarbeiter aus anderen Ländern, die für ein halbes Jahr oder auch schon mal länger an dem Firmenstandort Deutschland beschäftigt waren.
Und es klappte. Jürgen konnte ein möbliertes Apartment anmieten, nicht weit von seiner Arbeitsstelle und ebenso nah an seiner alten Wohnung. Nach und nach hatte er einiges an Kleidung in die Wohnung geschleust, ohne dass Ingrid dies mitbekam.

Ein Übernachten außer Haus war nun mehr als nur einfach.
Jürgen hatte sich angewöhnt, mittags in der Kantine eines anderen Unternehmens zu essen. Mit einem Aufschlag konnten auch Mitarbeiter anderer

Firmen dort essen. Damit reduzierte sich das gemeinsame Essen mit Ingrid auf die Wochenenden. Und wenn Ingrid mal wieder nicht gut drauf war, das war ja fast immer der Fall, gab es das Pizza-Taxi oder ein anderer Lieferant.

Überhaupt lebten sie nur noch auf dem Papier zusammen. Seit mehr als zwei Wochen schloss sie das Schlafzimmer ab. Unnötig, da Jürgen nicht der Sinn danach stand, mit ihr zu schlafen.

Als er mal wieder spät nach Hause kam, stand Ingrid im Flur und hielt einen Brief in der Hand.
»Hier ist der von dir langersehnte Brief. Du denkst ja, dass ich schuld bin. Nun wird dir das Gericht das auch noch bestätigen. Denn der Brief ist für dich. Du wirst als Zeuge geladen. Als Zeuge musst du die Wahrheit sagen. Sagen, dass du denkst, ich bin schuld am Tod meines Sonnenscheins.«
Mit Verachtung warf sie ihm den Brief entgegen. Jürgen hob ihn auf und sah, dass er geöffnet war.
Sie hatte seine Post geöffnet!
Etwas, was es bisher nicht gab. Eine Absprache, ohne sie je abgesprochen zu haben, hieß, die Post, das Handy und die Schublade im Schreibtisch mit der Aufschrift »Privat«, waren absolut tabu für den anderen. Ingrid schien das nicht mehr zu interessieren.

»Sie werden als Zeuge geladen. Termin 15. Dezember 2014 um 8.15 Uhr«, zitierte sie und sah in feindselig an.

Jürgen machte sich Sorgen um Ingrid. Würde sie eine weitere Verhandlung durchstehen? Ihre jetzige Verfassung war alles andere als gut. Sie aß kaum und das Haus verließ sie nur, um zum Friedhof zu fahren und sich danach ein paar Lebensmittel zu kaufen. Den Auslauf mit dem Hund hatte Jürgen vollständig übernommen. Mittags lies Ingrid den Hund in den Garten, damit er dort seine Notdurft verrichten konnte. Dazu hatte Jürgen ihm extra eine Ecke geschaffen. Er hatte auch eine Putzfrau eingestellt, damit das Haus nicht ganz verkommt. Zweimal die Woche kam Eva und reinigte so viel, wie sie in acht Stunden schaffen konnte. Eva war aus Polen, konnte kaum Deutsch, aber sie konnte putzen. Sauber, zuverlässig und immer ein Lächeln auf den Lippen. Jürgen bekam hier und da mit, dass Ingrid sie deshalb schon mal ankeifte. Schließlich wäre es ein Trauer-Haus. Das Radio, welches sich Eva mitbrachte, ein kleines Transistorradio, blieb dann auch stumm, wenn Ingrid im Haus war. Und das war sie bekanntlich in letzter Zeit fast immer.

Gäste kamen keine mehr. Die Freundinnen der Straße hatte sie spätestens nach der Verhandlung verloren. Freunde von Jürgen kamen nicht, weil er das nicht mochte. Nicht auszudenken, jemand würde in diesem Hause fröhlich sein oder gar lachen. Er traf sie außerhalb oder ging zu ihnen nach Hause.

Auch der Kontakt zu seiner Schwester hatte Ingrid wohl wieder beendet. Jedenfalls sprach sie nicht mehr darüber, und auch seine Schwester meldete sich nicht mehr.

Drei Tage vor der Verhandlung ging Ingrid in die Kanzlei ihres neuen Anwalts. Der beruhigte sie, dass der Richter sicherlich Milde walten ließe, da sie ja schon mit dem Tod ihres Kindes und der Freilassung des Täters genug gestraft wäre. Er würde auf Freispruch plädieren. Bestimmte Paragrafen sehen eine Aufsichtspflichtverletzung nur dann als verletzt an, wenn ein Eingreifen der Mutter nicht möglich wäre. Sie aber habe ja eingreifen können. War also anwesend. Wenn auch zu spät, was aber an dem Tatbestand nichts ändern würde, das sie anwesend war. Sie solle sich da ganz auf ihn verlassen.

Als Jürgen davon hörte, wollte er mit Ingrid reden. Ihr klarmachen, dass es auch anders ausgehen könnte. Der Richter handelt sicherlich auch mit dem Herzen, aber der Staatsanwalt nur nach Gesetz. Doch es schien ein sinnloses Unterfangen. Ingrid sprach nur von Schuld, die gesühnt wird. Von Schuld, die nie vergessen wird.

Da war es wieder, dieses Glimmen in ihren Augen, das ihm irgendwie Angst einjagte.

Reinhard zog sich an und nahm den Hund an die Leine. Der freute sich über einen zusätzlichen Auslauf.

»Ich geh noch mal mit dem Hund. Ich brauch noch etwas frische Luft.«

Silke ahnte nicht mehr, nein sie wusste, dass er mal wieder auf Zigarettenjagt war.

Sie stellte sich an das Fenster und sah die aufglimmende Glut. Sie sah auch, wie ihr Mann schnell die Straße überquerte und in Richtung Park lief.

Mal sehen, wie schnell jetzt die Zigarette samt Raucher verschwindet, überlegte Reinhard, als er der Glut immer näher kam.

Doch nichts bewegte sich. Der Raucher blieb an Ort und Stelle und Reinhard näherte sich diesem Ziel. Sie machte sich Sorgen, was passiert, wenn es wirklich jemand ist, der ihrem Mann nicht gut gesonnen war. Dass er den Hund dabei hatte, beruhigte sie nur ein wenig.

Mit schnellen Schritten überwand er die Straße und eile in den Park. Immer im Auge, das aufleuchten der Glut. Zu seiner Überraschung verschwand sie diesmal nicht. Reinhard verlangsamte nun seine Schritte.

Vorsicht war geboten.

Auf der Bank saß ein alter Mann. Mit ihm und um ihn herum eine Menge Tüten und ein Einkaufswagen.

Der Mann schaute Reinhard an und war verwundert, dass er so zielstrebig auf ihn zugekommen war.

Der Hund bellte den Mann an, obwohl der sich ruhig verhielt.

»*Entschuldigung, ich dachte, sie wären jemand anders.*«

»*Halten Sie mir den Hund vom Leib, das reicht mir schon*«, erwiderte der Obdachlose und nahm einen kräftigen Schluck aus einer billigen Weinflasche.

»*Aber, wenn Sie schon mal da sind, haben Sie ein wenig Kleingeld über, dann könnte ich mir einen heißen Kaffee leisten.*«

Reinhard, der völlig verstört war, nahm seine Geldbörse und gab dem Mann einen 10er.

»*Oh, das ist aber großzügig. Möge der Herr Sie segnen. Dafür darf der Hund auch ruhig mal bellen*«, steckte das Geld ein und fing an, seine Sachen zusammenzupacken.

126

Doch das bekam Reinhard schon nicht mehr mit. Er hatte sich nach der Geldübergabe sofort auf den Heimweg gemacht.

»Es war nur ein Penner auf der Bank. Ich versteh das nicht«, erklärte er seiner Frau.
»Aber Schatz, das ist doch wunderbar. Wahrscheinlich ist das der Mann, den du für deinen Verfolger gehalten hast. Und das erklärt auch, dass du keine Kippen findest. Die sammeln die und machen daraus dann eine neue Zigarette.«
Silke drückte ihren Mann und war sichtlich erleichtert.
Nicht so er. *Dieser Mann konnte unmöglich so schnell verschwinden, wie er es des Öfteren erlebt hatte. Nein, der war nicht sein Verfolger, und er war es auch nicht, der ständig auf der Bank saß oder vor ihr stand, Wache hielt und das Haus beobachtete. Nein, das ist ein anderer,* überlegte er.
Er schwieg mal wieder, sprach seine Gedanken nicht aus. Zu Silke sagte er:
»Ja, vielleicht hast du recht.«

Am Abend saß man zusammen vor dem Fernseher und alles schien ein wenig angenehmer.

Wie schon bei der Verhandlung, wo es um die Schuld des »Mörders« ging, drängte Ingrid zur Eile. Sie konnte es anscheinen nicht abwarten verurteilt zu werden.

Fast genau drei Monate war es nur her.

Genau an einem Mittwoch und fast genau um die Uhrzeit, als Daniel verunglückte.

Ob Ingrid daran denkt, fragte sich Jürgen. *Sicherlich wird sie das. Sie denkt ja an nichts anderes*, gab er sich selbst die Antwort.

Als Ingrid die Treppe herunterkam, sah er, dass sie schwarze Kleidung trug. Im ersten Augenblick dachte er, es wäre die Trauerkleidung, die sie zur Beerdigung angezogen hatte. Er selbst trug warme Winterkleidung, denn die Temperaturen waren doch schon sehr nach unten gegangen, auch wenn sie für die Jahreszeit noch recht milde waren.

Die Leibesvisitationen am Eingang des Gebäudes ließ Ingrid diesmal kommentarlos über sich ergehen. Beim ersten Mal hatte sie die Frau vom Sicherheitsdienst noch beschimpft.

»Was soll das? Ich habe nichts zu verbergen. Ich bin die Mutter des Kindes, was ermordet wurde. Sie sollten den Herrn Winkler gründlich untersuchen. Außerdem ihm Handschellen anlegen, falls er nach dem Urteil versucht zu fliehen«, hatte sie damals der Beamtin erklärt.

Die Frau blieb aus Jürgens Sicht damals unglaublich ruhig und machte ihren Job zu Ende.

Auch heute machte der Sicherheitsdienst das, was zu tun war. Sie waren »sauber« und konnten passieren. Den Wunsch nach einem Kaffee verschwieg er, da Ingrid schon auf dem Weg zum Gerichtssaal war und um Viertel nach sieben vor einer verschlossenen Tür stand.

In dem Schaukasten stand als erste Verhandlung - 8.15 Uhr Born -.

Kein Hinweis in welcher Sache. Nur ein Ö, was so viel wie öffentlich hieß.

Der nächste Termin war für 9.00 Uhr angesetzt.

Rieper gegen Rieper.

45 Minuten sollten also dem Richter reichen, um über die Sache zu urteilen.

Ingrid sah sich die Tafel erst gar nicht an. Eigentlich war sie gar nicht wirklich da. Ja, ihr Körper und auch ihr Terminkalender. Doch sie selbst war bei Daniel. Um diese Uhrzeit war sonst ihre erste Gebetsstunde.

Genau um 8.10 öffnete der Gerichtsdiener die Türen.

Der Anwalt von Ingrid kam den Gang hinunter. Leicht abgehetzt nahm er neben seiner Klientin auf der Holzbank Platz. Sein unrasiertes Gesicht passte nicht zu seinem sonst geschniegelten Erscheinen.

129

Für Jürgen ein Kind reicher Eltern, der sich als Anwalt verdingte.

»*Bitte treten Sie ein und nehmen Platz*«, rief der Gerichtsdiener und alle folgten diesem Aufruf.

Reinhard hatte sich bewusst weit weg von der Gruppe aufgehalten. Nun kam er auch in den Saal und setzte sich neben Herrn Born auf die Zeugenbank.

Herr Born begrüßte ihn kurz, was Reinhard höflich erwiderte.

Langsam wurde Ingrid bewusst, dass sie da saß, wo noch vor Kurzem der Mörder ihres Kindes, ihres Sonnenscheins, ihres Daniels saß und nicht die Todesstrafe bekam.

Sie sah ihn, schrie diesmal aber nicht sofort los.

Jürgen war sich sicher, das wird aber noch kommen.

Und er würde recht behalten.

Die Tür hinter dem Richterstuhl ging auf und die Leute erhoben sich.

»*Bitte wieder Platz zu nehmen. Die Verhandlung Born ist eröffnet.*«

Der Richter befragte die Angeklagte nach ihren Personalien und ihrem Berufsstand. Er befragte sie auch, ob sie Aussagen wollte oder von ihrem Recht der Aussageverweigerung Gebrauch machen würde.

»Natürlich werde ich Aussagen. Sie werden schon sehen, wer hier sitzen müsste.«

Danach hatte die Staatsanwaltschaft das Wort und las die Anklageschrift vor.

Die Staatsanwältin warf Ingrid grobe Aufsichtsverletzung mit Todesfolge vor. Danach begründete sie die Anklage. Obwohl Frau, ließ sie keinen Zweifel aufkommen, Ingrid mit aller Härte des Gesetzes zu bestrafen. Zu betrafen, weil sie ihr Kind auf dem Gewissen hatte.

Kein Ansatz von Mitleid in ihrer Ansprache. Sie stand auf der Seite des Kindes und das wurde nicht richtig beaufsichtigt, was die Aufgabe einer Mutter sei. Und deshalb starb dieses junge Leben.

Herr Dr. Meiersberg widersprach der Begründung und verwies auf einige Paragrafen, in denen die Verhältnismäßigkeiten aufgestellt sind, wann eine Aufsichtspflichtverletzung vorliegt. Des weiteren wies er auf den Tatbestand hin, dass die Frau ihr einziges Kind verloren habe und so zwar nicht nach Recht aber nach Menschlichkeit schon genug bestraft wäre.

Für die heutige Verhandlung wurden die Gutachten und Aussagen bei der Verhandlung von Herrn Winkler verwendet. Dadurch wurden diese Leute nicht noch einmal vorgeladen. Staatsanwalt und Anwalt hatten sich darauf verständigt, da sie sich keine neuen Erkenntnisse davon erhofften.
Allerdings waren die Zeugen erneut geladen worden. Nach und nach wurden sie vernommen. Auch Jürgen musste in den Zeugenstand. Er verweigerte allerdings wieder die Aussage, was er als Ehemann der Angeklagten auch durfte.
Auch Ingrid könnte von dem Recht Gebrauch machen und die Aussage verweigern, um sich nicht selbst zu belasten. Doch Ingrid wollte aussagen.

Ingrid erwies sich als vernünftig und schilderte den Morgen mehr schluchzend, als sprechend.
Der Richter gab ihr immer wieder Zeit sich zu sammeln. Jeder im Saal sah ihr an, dass sie heute ihren Sohn erneut sterben sah. Spürten fast ihren unendlichen Schmerz, den nur eine Mutter haben kann. Sie sahen die Frau, die den Jungen unter ihrem Herzen getragen und geboren hatte und der tragisch starb, noch bevor sein junges Leben richtig anfing.

Heute schrie Ingrid nicht nach Gerechtigkeit und forderte nicht die Todesstrafe für den Mörder von

Daniel. Ruhig und voller Trauer erzählte sie, was geschehen war. Zum ersten Mal gab sie zu, den Jungen losgelassen zu haben, jedoch nicht mit Absicht. Eher ein unbedachtes Handeln.

Das Geständnis und die Reue bewegten nun auch die Staatsanwältin.

Sie forderte drei Jahre auf Bewährung.

Der Anwalt pochte immer noch auf unschuldig und verwies erneut auf einige Paragrafen.

Nach nur einer kurzen Unterbrechung verkündete der Richter sein Urteil.

Er folgte der Empfehlung der Staatsanwältin. Dabei betonte er ausdrücklich die Einsicht der Angeklagten, dass sie hätte besser aufpassen müssen. In Anbetracht ihrer Last, die sie dadurch schon zu tragen hatte, milderte er das Urteil auf eine zweijährige Bewährungsstrafe herab. Für die Bezeichnung - Mörder-, wie sie den Nebenkläger Herrn Winkler nannte, bürdete sie ihr eine Therapie bei einem Psychologen auf. Im Verweigerungsfall käme eine Geldstrafe in Höhe von 3.000 € auf sie zu. Anmeldung und nachweise an das Gericht. Damit sie sich auch wirklich einer Therapie unterzog, verknüpfte der Richter dies mit der Bewährungsstrafe. Eine Geldstrafe würde sie nicht zwingend dort hinführen. Eine drohende Gefängnisstrafe schon.

Die Verhandlung endete 10 Minuten eher, als angesetzt. Wohl auch weil Ingrid ihre Schuld eingestanden hatte und einige Zeugen deshalb nicht mehr aussagen mussten.

Der Anwalt von Frau Born gab ihr den Rat, das Urteil anzufechten und in Berufung zu gehen. Er würde schon mal alles vorbereiten und sie könnte nächste Woche in die Kanzlei kommen.

Jürgen hörte die Argumente des Anwalts, der mit der Berufung einen Freispruch erwartete.

Ihm platzte der Kragen. Genug war genug.

»Jetzt ist Schluss damit! Ab sofort lassen Sie den Fall ruhen. Eine Berufung macht überhaupt keinen Sinn. Meine Frau hat die mildeste Strafe für das bekommen, was sie nie wieder gut machen kann. Aber sie kann damit abschließen. Auf Wiedersehen Herr Anwalt.«

Er nahm Ingrid am Arm und führte sie aus dem Gerichtssaal.

Sie schaute ihn an, sagte aber kein Wort. Ihr war es Recht, das sie nun nichts mehr mit dem Gericht zu tun hatte.

Mit dem Gericht auf Erden. Mit dem obersten Gericht war sie noch nicht fertig.

Eine Woche musste er warten, bis die beiden Notare einen gemeinsamen Termin für die Hausübergabe fanden. Der neue Hausbesitzer wollte schon eher die Schlüssel haben, schließlich hatte er das Haus nur einmal gesehen, doch Reinhard konnte ihn vertrösten. Musste er doch selbst hier und da noch mal rein, um einige Gegenstände zu entfernen. Letzten Donnerstag war er fertig geworden. Den Rest bekommt der neue Besitzer.

Am nächsten Morgen war es endlich so weit. 560.000 € würden den Besitzer wechseln. Dadurch wäre er um mehr als 200.000 € reicher. Endlich, denn die Bank fragte auch schon an, da sie ihm ja den Kaufpreis fast zinsfrei überlassen hatte.
Als Reinhard an dem Haus ankam, sah er einen Polizeiwagen vor der Haustür.
Was ist denn da los. Hoffentlich wurde nicht eingebrochen, doch wer hat die Polizei gerufen?
Ohne sich weitere Fragen zu stellen, auf denen er ja keine Antworten hatte, parkte er seinen Wagen direkt hinter dem Streifenwagen und ging zum Haus.

Die Haustür stand weit auf und er hörte einige Stimmen. Rasch ging er hinein.
»Was ist denn hier los?«
»Stop, wer sind sie?«
»Mein Name ist Winkler und der Eigentümer dieses Hauses. Also, bitte noch mal, was ist hier los?«

Die junge Beamtin sah ihn an und schüttelte mit dem Kopf.

»*Moment bitte. Warten sie hier*«, danach drehte sie sich um und rief die Treppe hinauf:

»*Heinz, Heinz kommst du mal. Hier ist noch ein Hausbesitzer.*«

Reinhard war verwundert.

»*Noch ein Hausbesitzer? Ach ist Herr Mulder schon da? Aber wie ist der denn hier hineingekommen?*«

Die junge Beamtin verstand nun gar nichts mehr. Ging auch gar nicht darauf ein, sondern wartete darauf, dass ihr Kollege erscheint. Der kam dann auch gemütlich die Treppe herunter. Hinter ihm ein Mann und eine Frau. Reinhard sah den Polizisten in Uniform. Dann sah er sich den Mann an, der hinter ihm war. Er hatte gehofft, dass dies vielleicht der Herr Mulder sein könnte, doch dieser Mann sah anders aus. Er hatte auch einen anderen Namen, wie sich herausstellen wird.

»*Wo ist der andere Besitzer?*«, fragte der Fremde auch sofort.

»*Hier, das bin ich. Mein Name ist Winkler. Reinhard Winkler und bin seit 14 Tagen Besitzer dieses Hauses. In wenigen Minuten wird Herr Blanke da sein. Das ist der Notar, der wird ihnen das bestätigen können.*«

»*Was ist los?*«, rief der Mann ungläubig. »*Sie sind nichts. Das ist mein Haus und ich habe mich auch schon ausgewiesen.*«

136

»*Bitte Herr Scholz. Wir werden alles klären, nur die Ruhe*«, versuchte der Polizist die Lage zu entspannen und zu Reinhard gewand:

»*Von wem haben Sie das Haus gekauft?*«

»*Na von dem Besitzer, dem Herrn Scholz. Der konnte jedoch nicht selbst erscheinen und hat einen Beauftragten geschickt. Herr Cherney hatte ja Vollmachten und auch das Grundbuch dabei. Das habe ich prüfen lassen von der Bank. Damit war alles in Ordnung. Ich verstehe nicht, was los ist?*«

Doch in seinem Innersten fing es an zu rumoren.

»*Also, der wahre Besitzer dieses Hauses ist wirklich ein Herr Scholz. Der steht da. Daneben Frau Scholz. Und wie Sie gehört haben, wollen und haben sie das Haus nicht verkauft. Sie waren für drei Wochen in Kanada.*«

Sprachlos sah Reinhard das Ehepaar an. Er verstand immer weniger.

»*Hallo, kann ich reinkommen?*«

»*Wer sind sie?*«, fragte die junge Beamtin einen Mann um die sechzig, in einem braunen Anzug steckend.

»*Blanke, Wilhelm Blanke. Ich bin der Notar von Herrn Winkler*«, erklärte er und zeigte auf Reinhard.

»*Bitte einen Moment Geduld Herr Blanke, es muss noch was geklärt werden.*«

»*Nee, hier muss nichts mehr geklärt werden. Es ist alles geklärt. Du Trottel wurdest beschissen, so sieht das aus*«, erklärte Herr Scholz und sah dabei mehr als zornig Herrn Winkler an.

»Herr Scholz bitte. Lassen wir uns das doch in Ruhe klären. Kommen sie erste Mal rein Herr Blanke. Und ich denke, wir sollten alle ins Wohnzimmer gehen«, forderte mit ruhiger, sachlicher Stimme der Polizist.

Doch kaum waren sie im Wohnzimmer und hatten sich gesetzt, klingelte es an der Tür.

»Wer kommt denn jetzt noch?«, fragte die Polizistin, die froh war, dass ein wenig Ruhe eingetreten war.

»Das wird Herr Mulder mit seinem Notar sein?«

»Wer wird das sein?«, fragte nun der Beamte.

»Na der Käufer des Hauses. Wir haben für heute einen Termin der Übergabe verabredet.«

In der Zwischenzeit hatte die junge Polizistin die Tür geöffnet und tatsächlich, Herr Mulder und ein weiterer Herr traten ein.

»Hier gibt es nichts zu kaufen, Sie können wieder Abschwirren«, rief Herr Scholz ihnen entgegen.

»Moment Herr Scholz. Bitte. Die Entscheidung, wer wann abschwirren kann, entscheide immer noch ich«, erklärte der Beamte unmissverständlich.

»Kommen sie herein und weisen sie sich bitte aus.«

Zu seiner Kollegin sagte er:

»Brigitte, nimm die Personalien auf, während ich weiter versuchen werde, Licht in dieses dunkle Hausgeschäft zu bringen.«

Herr Scholz wollte schon wieder was sagen, doch seine Frau hielt ihn zurück.

»*Jetzt sei doch mal ruhig, der Beamte wird das schon klären.*«

»*Danke Frau Scholz. Also Herr Scholz, wann sind sie wohin in Urlaub gefahren?*«

Schnell waren Termin und Ort genannt.

»*Haben sie jemanden gesagt, dass sie verreisen?*«

»*Nein, eigentlich nicht.*«

»*Und uneigentlich?*« bohrte der Beamte nach.

»*Nee, niemandem. Nicht das ich wüsste.*«

Doch seine Frau erklärte dann:

»*Da war doch der Mann am Flughafen. Der von der Sicherheit. Der hat uns darauf aufmerksam gemacht, dass man an den Koffern seinen Namen und auch seine Adresse nicht so offen zeigen soll. Dem haben wir schon gesagt, dass wir nach Toronto fliegen und auch wie lange*«, berichtete Frau Scholz.

»*Elfriede, der war ja von der Flughafenpolizei. Der hat uns doch geholfen, dass wir das richtig machen. Und das haben wir ja dann auch. Wir haben die Kofferschilder abgemacht. Da waren dann nur noch die Schilder von der Airline dran. Also Flug und die Namen.*«

Der Polizist hakte nach.

»*Was haben sie mit den Schildern gemacht?*«

»*Mit den Schildern?*«

»*Ja, mit den Schildern?*«

»*Weiß ich nicht mehr. Weggeworfen glaube ich.*«

»Nee, der Mann war doch so freundlich, die zu entsorgen. Ihm erschien es zu gefährlich, die Schilder in den Müll zu werfen. Könnte dann ja jemand wieder rausholen.«

Der Beamte glaubte, nun zu verstehen, doch noch hielt er sich zurück. Es gab weitere Fragen zu klären.

»Ok, jetzt wissen wir wenigstens schon mal woher der angebliche Herr Scholz wusste, wann die echte Familie in Urlaub ist. Wäre nun zu klären, wie er hier hineingekommen ist und wo er das Grundbuch her hat.«

»Entschuldigung, aber da kann ich ihnen vielleicht weiterhelfen.«

»Sie kennen sich mit Einbruch aus?«, fragte die junge Beamtin Herrn Blanke.

»Nein, nicht mit Einbruch. Aber mit Grundbüchern. Hier liegt ja kein ganzes Grundbuch vor, sondern nur ein Auszug aus dem Grundbuch. Mehr benötigt man ja auch nicht für einen Hauskauf. Anders ist es, wenn sie ein Haus umbauen wollen, dann benötigen sie …« »Stopp«, unterbrach ihn nun der Polizist. »Uns interessieren nur die Dinge für einen Hauskauf. Also?«

»Nun, da genügt es einen Auszug vom Grundbuch vorzulegen. So wie hier. Der ist über das Internet bestellt worden. Geht heute ganz einfach. Kostet allerdings ein paar Mark.«

»Brauch man da nicht Vollmachten oder so?«

»Doch, aber die liegen ja vor.«

140

Der Notar öffnete seine Tasche und nahm die Formulare heraus. Er reichte sie dem Beamten.

Der Polizist und auch Herr Scholz schauten sich die Vollmachten an. Der Hausbesitzer wurde blass.

»Das ist meine Unterschrift, aber ich habe nie eine Vollmacht unterschrieben«, stotterte er hilflos und sah seine Frau an, die ebenfalls recht blass um die Nase aussah.

»Eine Unterschrift ist ja schnell nachgemacht. Aber wie kommt er an die Kopien von ihrem Personalausweis«, fragte der Beamte nach.

»Das weiß ich nicht.«

»Den hatten sie doch sicherlich auf ihrer Reise dabei, oder?«

»Nein, wir nehmen zum Reisen immer nur unsere Reisepässe mit. Das fand der Beamte auf dem Flughafen auch vernünftig.«

»Hat er sie das auch gefragt?«

»Nein, Richard ist aber immer einer, der gerne erzählt«, sagte fast belustigend Frau Scholz.

»Wo bewahren Sie die Ausweise auf?«

»Im Barfach, in einem kleinen Kästchen.«

Schnell war klar, woher der oder die Betrüger die Ausweise hatten. In dem Kästchen waren sie jedenfalls nicht mehr.

»Dann wäre das auch geklärt. Nun müssen wir nur noch feststellen, woher sie die Schlüssel hatten, denn aufgebrochen wurde hier nichts. «

»Damit hat der Mann auf dem Flughafen aber wirklich nichts zu tun. Der hat zwar danach gefragt, ob wir gut abgesichert sind, aber er hat sich den Sicherheitsschlüssel nur ganz kurz angesehen. Den konnte er ja nun nicht so schnell nachmachen. Habe ihn ja auch direkt wiederbekommen. Das Schloss von der Firma –Anglus- ist wirklich sicher, hat er noch gesagt. Doch da musste ich feststellen, der hat keine Ahnung. Dem habe ich nämlich dann gesagt, dass es ein Bürkling-Schloss ist. Da haben wir ihn ein wenig ausgelacht.«

Die beiden Beamten sagten nichts dazu. Sagten ihnen nicht, dass man mit der Nummer auf dem Schlüssel der Herstellerfirma und dem Ausweis, jeder Schlüsseldienst den Schlüssel nachmacht oder nachbestellt.

»Also, wie ich das sehe Herr Winkler hat man Sie massiv hereingelegt. Die Herren können dann erst mal gehen. Sie werden in den nächsten Tagen eine Einladung fürs Präsidium erhalten. Ansonsten tun Sie mir einfach nur leid. Schaden ist Ihnen ja wohl keiner entstanden. Auf Wiedersehen.«

»Oh doch, was glauben Sie, was ich für Auslagen hatte.«

»Das können Sie dann bei der Vernehmung alles angeben. Ihre Personalien haben wir und wie schon gesagt, in den nächsten Tagen der Einladung folgen.«

Die Beamtin brachte die enttäuschten Käufer zur Tür. Doch damit war noch lange nicht Ruhe eingekehrt. Im Gegenteil, denn Herr Scholz meldete sich wieder zu Wort.

»Sagen sie mal Herr Winkler. Wo sind eigentlich unsere Kunst- und Wertgegenstände?«

»Die habe ich zum Teil verkauft oder einem Kunsthändler in Kommission gegeben, mit dem Auftrag sie zu verkaufen.«

»Sie haben was? Wissen Sie wie lange ich gebraucht habe, diese Stücke zusammen zu bekommen?«

Natürlich wusste Reinhard das nicht. Er wusste im Moment überhaupt nicht, was das hier alles soll. Gut das er schon saß, denn seine Knie wurden weich.

»Kann ich einen Schluck Wasser haben?«, fragte Reinhard kläglich.

»Hier gibt es nichts mehr für sie«, sagte sofort Herr Scholz. Doch Frau Scholz holte ihm ein Glas.

»Bitte schön, Sie armer Mann.«

»Elfriede, das ist kein armer Mann. Der ist ein Idiot und auf Betrüger hereingefallen.«

»Herr Scholz, diese Menschen sind nicht nur schnell und geschickt. Sie haben einen Plan ausgeheckt, auf den auch Sie hereingefallen wären, da bin ich mir sicher«, erklärte der Beamte. Kannte er sich doch gut aus, wenn es

um Betrügereien ging. Doch so eine Chose hatte er auch noch nicht erlebt.

»*Was kann ich denn jetzt noch machen?*«, fragte Reinhard in die Runde.

»*Mir meine Kunstwerke zurückbringen und von meinem Anwalt werden sie sicherlich auch Post bekommen*«, giftete Herr Scholz.

»*Brigitte, ruf die Spurensicherung an. Vielleicht haben wir ja Glück und der vermeintliche Hausbesitzer hat Spuren hinterlassen*«, ordnete der Polizist an.

»*Ich glaube nicht. Er hatte rechts einen weißen Handschuh an, weil er da Ausschlag hatte, die auch ansteckend wäre. Jedenfalls hat er mir das so erklärt. Deshalb haben wir uns auch nicht mit Handschlag begrüßt. Vielleicht kann man den Mann ja aufgrund seines Ausschlages finden.*«

»*Sie mögen ja ein schlechter Makler sein, wie wir gemerkt haben, aber ein noch schlechterer Polizist. Ich denke nicht, dass er eine Krankheit hatte. Er hatte Angst seine Fingerabdrücke zu hinterlassen, oder hat er was angefasst in dem Haus?*«

»*Solange ich da war nicht. Er tat so, als interessierte ihn das alles nicht. Er bekäme Provision für den Verkauf. Deshalb nahm er den Auftrag an.*«

Der Polizist sah in die Runde und erklärte dann sachlich:

»*Bitte fassen Sie nichts weiter an. Vielleicht haben wir ja doch Glück. Der Beamte wird auch Ihnen die*

Fingerabdrücke abnehmen. Nur damit wir wissen, welche Ihre sind. Ihnen Herr Winker, werden wir die auf der Wache abnehmen, denn dort fahren wir jetzt erst mal hin. Den Kunsthändler werden wir von dort auch anrufen und ihm klarmachen, dass er nichts mehr verkaufen soll. Wir werden die Gegenstände abholen lassen.«

»Es tut mir leid Herr und Frau Scholz. Es tut mir leid«, stammelte Reinhard, dem immer mehr bewusst wurde, in was für einen Schlamassel er steckte. Ganz zu schweigen von dem finanziellen Verlust, der er hatte.

»Uns auch Herr Winkler.«

»Dir vielleicht Elfriede, dir tut er leid, mir aber nicht.«

»Herr und Frau Scholz, kommen Sie doch morgen ins Präsidium und auch Sie werden dann ausführlich zu dem Vorfall befragt. Bitte versuchen Sie sich an den Mann vom Flughafen zu erinnern. Machen Sie auch eine Liste, was ihnen alles fehlt.«

Die Beamten verabschiedeten sich, nahmen Reinhard mit nach draußen und fuhren zum Präsidium. Reinhard konnte mit seinem eigenen Wagen fahren, da die Beamten sicher waren, dass hier keine Fluchtgefahr bestand.

Auf der Wache wurde Reinhard erneut darauf hingewiesen, dass er einen Anwalt zurate ziehen könnte. Das machte er dann auch. Leider hatte Herr Wirts keine Zeit, denn er hatte gleich eine wichtige Verhandlung. Ein Verschieben der Vernehmung auf den Abend wollte er aber auch nicht. So stimmte er zu, ohne Anwalt auszusagen.

Reinhard tätigte noch einen zweiten Anruf.

Er rief zuhause an und teilte Silke in kurzen Worten die Situation mit, in der er sich befand. Die Worte, die er am anderen Ende zu hören bekam, waren alles andere als hilfreich. Seine Worte, bevor er auflegte:

»Ich habe mir schon gedacht, das ich von dir keine Unterstützung zu erwarten habe.«

Der Beamte konnte kaum glauben, was er da hörte, als er das Protokoll aufnahm. Die Geschichte hörte sich an, als ob ein Film abläuft. Der Hergang könnte aus einem guten Drehbuch stammen, mit dem Unterschied, es war kein Film. Hier war es Realität. Harte Realität.

Der Kunsthändler hatte noch nichts verkauft, so dass der Schaden aus dieser Sicht klein gehalten werden konnte. Die Einzelstücke, die Reinhard persönlich verkauft hatte, könnte er auch wieder besorgen. Wie er allerdings den Rückkauf des Darlehens bezahlen sollte, wusste er noch nicht. 380.000 € waren weg! Weg, weil er nicht aufgepasst hatte. Blind vor Geldgier. Genau das war es, was Silke ihm schon am Telefon gesagt hatte.

Auf die Frage, ob ihm was Besonderes aufgefallen wäre, antwortete Reinhard:

»Ja, merkwürdig war, dass der Mann auch einen schwarzen Anzug mit weißem Hemd darunter trug.«

»Was ist daran merkwürdig?«

»Na, weil das doch auch die Männer im Gericht anhatten.«

»Herr Winkler, welche Männer im Gericht? Wovon reden Sie?«

Nun erzählte Reinhard dem Beamten die ganze Geschichte über den Unfall und auch über die Männer, die ihn seitdem verfolgen. Der Beamte kam kaum mit, das alles aufzunehmen. Als Reinhard dann noch den Kommissar Biesenbach erwähnte, stoppe der Beamte das Verhör und versuchte, seinen Kollegen zu erreichen.

Was auch gelang. Der Kommissar kam hinzu und so nahm das Verhör einen anderen Verlauf.

Kommissar Biesenbach berichtete über den Versuch, den Halter der Limousine zu erfahren.

Und er informierte ihn, dass die Beamten aus Ratingen den Park beobachtet hatten. Dort konnten sie auch einen Mann vernehmen. Es stellte sich allerdings heraus, dass der in einem Haus nicht weit vom Park ein Hotelzimmer gemietet hatte. Ein

Handelsvertreter, der sich abends nur die Beine vertreten wollte. Das kam den Kollegen aus dem Nachbarort dann doch recht merkwürdig vor, denn sie beobachteten, dass er sich nicht von der Stelle rührte. Da er aber einen Wohnsitz nachweisen konnte, und nichts gegen ihn vorlag, haben sie ihn nicht weiter vernommen.

»War das letzte Woche? Denn ich habe gemerkt, dass zwei, drei Tage keiner mehr im Park war?«

»Ja, das kommt hin.«

»Sie müssen wissen, jedes Mal wussten die, wann ich das Haus verlasse oder wohin ich fahre. Manchmal habe ich sie abhängen können, allerdings hat das nichts genutzt. Entweder sie waren schon vor mir am Ziel oder kamen kurze Zeit später. Ich habe in unserem Haus nach Wanzen gesucht, aber nichts gefunden.«

»Das klingt ja alles wie in einem guten Film Herr Winkler, aber haben Sie auch Beweise, ich meine, haben Sie mal versucht, einen dieser Männer anzusprechen?«

»Um Gottes willen. Die sehen doch alle aus, als kommen die gerade von der Muckibude. Groß, muskulös und sicherlich nicht zimperlich. Alle sehen aus, als wenn die entweder Türsteher oder ein Double vom Schwarzenegger sind. Nee, das war mir zu gefährlich.«

»Und Sie denken, der Mann in dem Haus wäre einer von den fünf Männern aus dem Gerichtssaal? Haben Sie ihn erkannt?«

»Nein, ich meine ja, er könnte einer von denen gewesen sein. Erkannt habe ich ihn nicht. Die sehen alle gleich aus. Aber er könnte einer davon gewesen sein, sicher bin ich mir allerdings nicht.«

Nach mehr als drei Stunden durfte Reinhard nach Hause.

Das war aber gar nicht so einfach. Was sollte er zuhause? Dort wurde er sofort beleidigt, ausgelacht und als Blender verschrien. Nein, sofort wollte er noch nicht nach Hause. Er fuhr mit dem Wagen zu seiner Stammkneipe. Der Ausdruck »seine Stammkneipe« stimmte aber nicht so ganz. Vier, fünf Mal im Jahr besuchte er sie, traf sich hier mit Freunden. Doch man kannte ihn und so bekam er auch schnell ein Bier. Bedächtig, aber in vollen Zügen trank er es aus und bestellte sich rasch ein zweites.

Er kauerte auf einem Hocker an der Seite der Theke und dachte über den Tag, über die Situation, über seine Situation nach.

»Pleite, ich bin pleite. Ich kann froh sein, wenn wir das Haus behalten können«, murmelte er in das Glas.

Doch so schlimm, wie er es darstellte, war es nicht, denn das Haus gehörte nur zur Hälfte ihm. Außerdem gibt es ja dann auch noch das Privatkonto seiner Frau.

Ich werde die Bank fragen müssen, ob sie mir hilft. Herr Freutling hat ja auch dafür gesorgt, dass ich den Kredit bekomme. Vielleicht hilft er mir ja auch jetzt weiter. Die Bank hat bis jetzt immer ordentlich mitverdient. Nun muss sie halt ein wenig auf Gewinn warten, überlegte er weiter.

Mittlerweile hatte er schon vier Bier getrunken.

Das Protokoll habe ich ja überstanden, aber das ist nichts gegen das Verhör, was mich gleich erwarten wird.

Er hörte bereits seine Frau keifen, die ihn niedermachte:

»Na du Held. Was ist denn nun mit dem Super-Deal. Mit der Kreuzfahrt und ich weiß noch nicht, was wir sonst noch vorhatten. Am Ende stehen wir mal wieder mit nichts da. Nichts vom großen Gewinn du Verkaufsgenie. Ein Makler, der noch nicht mal eine Urkunde von einer Kopie unterscheiden kann. Super Reinhard, wirklich super.«

Sollte er sich noch ein Bier bestellen? Lieber nicht, entschied er.

Reinhard zahlte und wollte trotz Fahne mit dem Auto nach Hause fahren. Kaum, dass er im Auto saß, gingen ein Stück hinter seinem Wagen Scheinwerfer an.

»Jetzt reichte es mir aber«, rief er ungehalten.

Er hatte es satt. Er hatte es satt verfolgt zu werden und ständig unter Beobachtung zu stehen. Reinhard stieg aus und lief zu den Scheinwerfern. Er konnte nichts erkennen, da die Lichter ihn blendeten. Kurz bevor er am Wagen war, gingen die Scheinwerfer aus und er sah einen roten Mercedes.

Im Auto saß eine Familie und alle schauten ihn an. Sie hatten gesehen, wie er auf sie angestürmt kam, und wussten nicht, was jetzt folgte. Der Mann öffnete die Tür und stieg aus. In dem Moment war Reinhard am Auto und erkannte seinen Fehler.

»Oh, Entschuldigung, ich habe mich geirrt. Ich dachte, Sie wären jemand anders. Ich werde seit einiger Zeit verfolgt und ich dachte, Sie wären es, also der Verfolger. Verzeihen sie«, stotterte er verlegen und machte auf der Stelle kehrt.

Jetzt nichts wie weg, der muss doch denken, ich bin total verrückt, oder ich bin total besoffen, dachte er frustriert.

Zuhause, ich bin zuhause. Doch was kommt jetzt, fragte er sich, als er auf die Haustür zuging. Langsam, ja fast bedächtig, öffnete er die Tür.

»Hallo Reinhard. Kannst ruhig reinkommen. Ich werde dich nicht anschreien, dich beleidigen oder sonst was. Ich bitte dich nur um eins. Sieh zu, dass wir unser Haus nicht verlieren. Nicht unser Haus. Dabei geht es nicht um mich, dabei geht es nur um unsere Kinder. Lass uns morgen reden, was zu tun ist.«

Reinhard wollte noch was sagen, wollte sich entschuldigen oder rechtfertigen, doch Silke war schon wieder gegangen. Er folgte ihr und sah, dass sie nach oben ging.

»Ich lege dir dein Bettzeug ins Arbeitszimmer. Heute Nacht möchte ich alleine sein. Bitte verstehe das. Gute Nacht. Essen steht in der Küche auf dem Tisch.«

Wie angewurzelt stand er da und sah seine Ehe davonlaufen. Er hatte nicht nur viel Geld verloren, er hatte auch Silke verloren und damit auch seine Kinder.

Es blieb nicht bei einer Nacht, dass er im Arbeitszimmer schlafen musste.

Doch so wollte Reinhard nicht leben. Nein, nicht leben und in einer besseren Abstellkammer nächtigen. Er rief eine befreundete Maklerin an, von der er wusste, dass sie immer ein Apartment frei hatte, für besondere Notfälle. Reinhard war ein besonderer Notfall.

Schon am kommenden Sonntag teilte er seiner Frau mit, dass er sich ein Apartment gemietet hatte.

Silke nahm den kommenden Auszug ihres Mannes ziemlich gelassen auf.

»Ich werde den Kindern die Wahrheit sagen. Werde ihnen sagen, dass wir uns gestritten haben und nun verkracht sind. Ob wir wieder zusammenkommen, wissen wir nicht. Das werde ich ihnen sagen.«

»Ich habe mir ein paar Sachen zusammengepackt. Das Apartment ist eingerichtet. Wann kann ich die Kinder sehen?«

»Melde dich am Freitag, dann machen wir was aus. Lass ihnen ein wenig Zeit. Für sie ist es sicherlich auch nicht einfach.«

»Ok. Bis bald. Mach`s gut.«

»Du auch. Reinhard, pass auf dich auf.«

Geantwortet hat er darauf nicht mehr, sondern verließ das Haus und fuhr zu seiner neuen Unterkunft.

Schon nach nur zwei Straßen sah er einen schwarzen Wagen, der in seine Straße einbog und ihm folgte. Im Haus hatte er keine Adresse genannt. Gesprochen mit Maria, seiner Maklerin, hatte er über das neue Handy. Sie folgten ihm, weil sie nicht wussten, wo er hinwollte. Also hieß es jetzt wieder Zickzackfahrt. Und so machte er es auch. Er bog kurz nach der Ampel ab, ohne den Blinker zu setzen. Oder er fuhr bewusst langsamer, damit er noch so grade bei Geld über die Kreuzung konnte die anderen aber nicht. Und es gelang ihm, denn vor dem Haus, in dem sein Apartment lag, stand kein schwarzer Wagen. Aus dem Fenster konnte er die Straße einsehen. Mit Freude nahm er zur Kenntnis, dass sie nun nicht mehr wussten, wann er wo war. Leicht beruhigt, machte er es sich in seinem neuen Domizil gemütlich. Auf seinem Nachttisch, der gleichzeitig auch sein Arbeitstisch war, stellte er das Familienbild auf.

Am nächsten Morgen sah er aus dem Fenster und erschrak. Die Limousine war wieder da.

Woher, woher wissen die, wo ich bin, oder ist es nur ein gleiches Fabrikat und nur durch Zufall auf dieser Straße. Wie bei den anderen Fahrzeugen konnte er nicht hineinsehen. *Saß da jemand drin oder nicht?*
Er zog sich an und überlegte, ob er die Konfrontation suchen sollte. Das Auto stand etwas weiter von seinem. Da die Straße eine Einbahnstraße war, musste das Auto auf jeden Fall auch in seine Richtung fahren. Sollte er einsteigen und ein Stück fahren und wenn das andere Auto ihm hinterherfuhr, könnte er stoppen. Damit würde er das Auto in der Falle haben.
Doch was mache ich dann? Was ist, wenn er aussteigt und mich einfach mal so umbringt oder in den Wagen zerrt.
Er wusste, jeder von ihnen war ihm weit überlegen.
Nein, das war keine gute Idee, befand er dann auch für sich.
Deshalb ging er zu seinem Auto und fuhr los. Kaum das er losfuhr, folgte ihm der Wagen. Sein Plan hätte funktioniert, doch mit welchem Ausgang?

Die Taktik des zickzack Kurs funktionierte jedoch wieder. Jedenfalls war er an einem seiner Mietshäuser und kein Feind in Sicht. Es dauerte eine Weile, bis er sich mit dem neuen Mieter einig war. Zusammen gingen sie dann aus dem Haus. Vor der Tür und auch in der Straße kein Wagen, der ihn verfolgen würde. Von dort fuhr Reinhard zu seiner Bank.

Herr Freudling erwartete ihn bereits. Natürlich hatte Reinhard ihn kurz darüber informiert, was ihm passiert war. In einem Hinterzimmer wurde dann Schadensbegrenzung beschlossen. Der Kredit für das Haus, was an den Betrüger ging, wurde für einen geringen Zinsbetrag von dem eigentlichen Konto gelöst. Den würde Herr Winkler abbezahlen können, sobald er wieder ein normales Geschäft abgewickelt hatte. Die Bank hielt still und auch die Polizei hatte versichert, nichts nach draußen verlauten zu lassen. Der befreundeten Maklerin hatte er auch nichts von seinen Schwierigkeiten erzählt. Hier war der Ehekrach im Vordergrund gestanden.

»Sie haben ja noch einige Sicherheiten Herr Winkler. Ihr Wohnhaus. Wie zum Beispiel ihr Eigenheim.«

»Stopp Herr Freudling, bitte das Haus ist tabu. Außerdem gehört es meiner Frau und mir.«

»In unserer Rechnung ist jede Sicherheit wichtig. Unabhängig, wie sie dazu stehen. Aber keine Sorge, das wäre der letzte Ausweg, den wir vorschlagen würden. Sie haben doch noch feste, gezielte Einkünfte. Sehen Sie zu, dass ihre Wohnungen alle vermietet sind. Probieren sie doch mal, ob Sie nicht Messebesucher unterbringen, anstelle von festen Mietern. Erst letztens haben wir ein Projekt abgeschlossen, da hat ein Kollege von Ihnen ein Haus komplett umgebaut. Heute übernachten nur noch Messegäste und er verdient sich eine gesunde Nase daran.«

»Ja, ich habe davon gehört, dass man damit viel Geld verdienen könnte« und ballte unter dem Tisch eine Faust.

»Sie müssen Herr Winkler. Sie müssen. Sobald eine Wohnung leer wird, nur noch Tagesgäste aufnehmen. 100 € für so ein Apartment pro Nacht. Macht 3.000 pro Monat anstelle von 400 oder so. Suchen Sie sich eine Putzkraft und die hält dann alles sauber. Aber das brauche ich Ihnen doch nicht alles erklären, das werden Sie selbst wissen, wie man eine Wohnung am besten vermarktet.«

Nach ein paar weiteren Absprachen verließ Reinhard die Bank. Nicht weit von ihr gab es ein Café. Dort setzte er sich hin und rief seine Frau an. Wenigstens konnte er ihr berichten, dass die Bank mitspielte und er sogar noch Spielraum hat, damit er weiter kaufen und später wieder verkaufen konnte. Mit Gewinn, hoffte nicht nur die Bank. Von dem Projekt Messebesucher erzählte er erst mal nichts. Das wäre dann ans Eingemachte gehen. Und wenn das in die Hose gehen würde, dann würde er stempeln gehen und wenn alle Stricke reißen, vielleicht sogar Insolvenz anmelden müssen.

Silke war am Telefon freundlich zu ihm. Sie freute sich für ihn. Aber auch für sich und die Kinder und dass sie noch einmal mit dem blauen Auge davon gekommen waren. Eine baldige Rückkehr-Garantie, war das aber noch nicht.
Nun fuhr er doch noch mal zu einem Mietshaus, wo er fast die Hälfte der Apartments besaß. Die Idee von dem Bankfachmann war in seinem Kopf und nun fing der an zu arbeiten. Reinhard konnte das gar nicht verhindern. Dort lag das Geld und er musste es nur noch aufheben. Auf dem Speicher könnte er die Reinigungsmittel deponieren, die die Putzfrau benötigte. Die Firma für die Hausreinigung könnte sicherlich helfen, doch die wäre zu teuer. Da würde er mal den Kollegen fragen, wie er seine Putzfrau gefunden hat.

Mit neuen Plänen im Kopf fuhr er nach Hause. Dass er nicht verfolgt wurde, fiel ihm gar nicht auf. Doch als er in seine Straße einbog, sah er an dessen Ende eine schwarze Limousine stehen.

Er ging in seine Wohnung, machte aber kein Licht an. Wenn sie ihn beobachten würden, und das taten sie mit Sicherheit, dann würden sie darauf achten, wo das Licht anging. Er ging durch das dunkle Zimmer und schaute aus dem Fenster, was nicht zur Straße lag. Aber es an der Ecke, so dass er das Auto sehen konnte. Er setze sich und wartete. Er wartete, dass jemand aussteigt oder das Auto wegfuhr. Sollte jemand aussteigen, dann würde er ein Foto machen und es dem Kommissar zeigen.
Nach Mitternacht gab er auf und ging zu Bett. Ohne Foto und ohne einen Hinweis für den Polizisten.

»*Guten Morgen Frau Winkler. Mein Name ist Biesenbach, Kommissar Biesenbach. Sicherlich kennen Sie den Namen aus den Erzählungen ihres Mannes?*«
»*Ja, ihr Name kommt mir bekannt vor. Was möchten Sie, oder was kann ich für Sie tun?*«
»*Ist Ihr Mann da, kann ich den mal sprechen?*«
»*Mein Mann wohnt zurzeit nicht bei uns. Wir haben uns übergangsweise getrennt.*«
Der Kommissar ging darauf nicht ein, sondern sprach weiter.
»*Es geht um eine Angelegenheit, die ich am Telefon aus bestimmten Gründen nicht sagen kann. Können sie ins Präsidium kommen und wir besprechen das dann hier?*«
»*Ja, wann?*«

»Am besten direkt. Melden sie sich am Empfang, der Beamte leitet Sie dann an mich weiter. Bis gleich Frau Winkler?«

Merkwürdig, was will die Polizei von Reinhard, was er mir am Telefon nicht erklären kann? Mit einem unguten Gefühl machte sie sich fertig und fuhr zur Polizei.

»Frau Winkler, schön dass sie so schnell kommen konnten. Ich mache es kurz. Wir glauben, in ihrem Haus hat sich jemand eingebracht. Soll heißen, sie werden überwacht. Anders ist es nicht zu erklären, dass einige Gestalten immer wissen, wo ihr Mann sich aufhält oder welches Objekt er aufsucht. Jedes Gespräch zwischen Ihnen und Ihrem Mann bekommen sie mit und wissen so, was Sie oder Ihr Mann vorhaben.«

»Bitte, sie glauben ihm diese, ich sage mal Räuberpistole?«

»Frau Winkler, wir glauben, ihr Mann ist in großer Gefahr. Sie und Ihre Kinder vielleicht auch. Um das herauszufinden, benötigen wir ihre Einwilligung, uns in Ihrem Haus umsehen zu dürfen.«

Silke wurde leicht blass. Sollte sie sich so geirrt haben und Reinhard fälschlicherweise für einen Psychopaten gehalten haben?

»Meine Einwilligung können sie haben. Wie geht das vor sich, ich meine wie läuft das ab?«

»Sie fahren wieder nach Hause. Eine kurze Zeit später, kommt ein Wagen einer Telefongesellschaft. Die beiden Monteure bitten Sie dann um Einlass. Sie sind Spezialisten und werden, wenn vorhanden, die Wanzen finden.«

»Das ist ja lustig.«

»Frau Winkler, das ist alles andere als lustig, glauben Sie mir. Wenn wir fündig werden, stellt sich die Frage, wie sind die in Ihr Haus gekommen, um sie zu deponieren.«

»Ich meinte nicht den Ablauf, sondern vor ungefähr zwei Monaten klingelte es an unserer Tür und eben zwei Männer unseres Telefonanbieters und zeigten mir einen Auftrag, den mein Mann in die Wege geleitet hatte. Es ging da um schnelleres Internet. Unser System ist nicht so schnell. Der Auftrag hatte die Unterschrift von meinem Mann und da habe ich die beiden auch in das Haus gebeten.«

»Was haben die in ihrem Haus alles gemacht?«

»Sie haben die Telefondose getauscht. Und am Rechner von meinem Mann haben sie das Modem getauscht, weil der ja die schnellen Daten nicht verarbeiten kann.«

Der Kommissar runzelte die Stirn.

»Waren sie ständig bei den Männern dabei oder war auch schon mal einer alleine.«

»Ja, ich meine wenn einer am Rechner ist und einer im Flur an der Leitung arbeitet, da kann ich ja nicht beide im Auge behalten.«

»Haben Sie das ihrem Mann erzählt?«

»Nein, in dem ganzem Wirrwarr habe ich das Vergessen.«

Als sie das sorgenvolle Gesicht des Beamten sah, fügte sie hinzu: »Tut mir leid. Ich habe es wirklich vergessen.«

»Bitte fahren Sie jetzt nach Hause Frau Winkler und bleiben dort. Die Männer vom Abhörschutz kommen zu Ihnen und werden dann die Wohnung absuchen.«

Silke nickte benommen und erhob sich, als auch der Kommissar aufstand.

»Vielen Dank für Ihre Kooperationsbereitschaft. Und wenn Sie mit Ihrem Mann sprechen, bitte nicht über das –Thema-, solange wir die Wanzen nicht entfernt haben. Haben Sie das verstanden?«

»Ja, das habe ich.«

Zuhause abgekommen, schaute sie sich das Modem an und auch die Telefondose. Doch sie konnte daran nichts Ungewöhnliches erkennen. Aber sie arbeitet ja auch nicht bei der Polizei.

Es dauerte nicht lange und zwei »Telefonmonteure« nahmen ihre Arbeit auf. Schnell wurden sie fündig. Ihre Geräte schlugen in fast allen Zimmern im unteren Bereich aus. Telefon, Telefondose und das Modem waren nur der Anfang ihrer Findungsreise. Im Flur hatten sie die Wanze hinter einer Garderobenplatte angebracht. Im Wohnzimmer steckte in einem zweiten Zugang für die Antenne ein Sendermodul. In der Küche steckte ein Sender in einer künstlichen Gewürzpflanze. Nachdem alle Wanzen entdeckt und eingesammelt waren, nahmen sie Frau Winkler mit nach oben und erklärten ihr, dass sie den Sender im Telefon nicht entfernt haben. So wollen sie den Menschen eine Falle stellen. Sie sollte ihren Mann anrufen und ihn zu einer seiner Wohnungen bestellen. Frau Winkler nannte den Beamten ein Haus, in dem sie Wohnungen vermieteten. Das Ganze soll morgen früh starten. So, dass ihr Mann um zehn Uhr an dem Objekt wäre.

Ingrid besuchte ihre Schwägerin. Besser gesagt ihren Schwager. Dabei hatte sie einen dicken Umschlag dabei. Bei der Bank hatte sie vierzigtausend Euro abgehoben.

Ohne Umschlag aber mit einem breiten Grinsen und Freude im Herzen kam sie wieder nach Hause. Jürgen bekam von der Aktion nichts mit. Wie auch, schon seit einer Woche schlief er nur noch in seinem Apartment. Das »Junggesellen leben« gefiel ihm anscheinend ausgesprochen gut, erkannte Ingrid.

Natürlich machte sich Jürgen auch Gedanken um Ingrid. Doch die gingen nicht so weit, dass er bei ihr vorbeischauen wollte.

Auf dem Friedhof erzählte Ingrid ihrem Sohn Daniel, dass sie bald zu ihm kommen würde.

»Dann bauen wir gemeinsam ein Legohaus. Was sage ich, eine ganze Stadt werden wir bauen mein kleiner Liebling«, dabei vergrub sie ihre Hand in der Erde.

Nach einer Stunde verließ sie den Friedhof wieder und kaufte noch was ein. Heute wollte sie feiern und hatte sich dafür extra einen besonderen Sekt gekauft.

Alleine stieß sie mit sich an, indem sie ihr Glas gegen die Flasche stieß.

»Auf den Tod deines Mörders, mein geliebter Daniel, möge er langsam ausbluten. Darauf trinke ich.«

»Hallo Herr Winker. Ich bin ein Kollege von Herrn Biesenbach. Wir benötigen Ihre Mitarbeit. Bitte rufen Sie den Kommissar von einer öffentlichen Telefonzelle an. Das ist wichtig. Mehr kann ich Ihnen nicht sagen. Haben Sie die Nummer von ihm?«

»Ja, die habe ich, aber was hat das zu bedeuten?«

»Rufen Sie ihn an, aber nicht von ihrem Handy.«

Das Gespräch wurde beendet. Auf dem Handy war die Nummer nicht sichtbar.

Was sollte er machen? Was ist, wenn das eine Falle ist? Sie ihn aus der Wohnung locken wollten, um ihn umzubringen?

Woher sollten die wissen, dass er einen Herrn Biesenbach kennt.

Aus der Verhandlung, da hat der Kommissar auch ausgesagt. Da kennen sie den Namen her, so viel war klar. Doch was ist, wenn es stimmt? Er musste es herausbekommen.

Wenn ich durch den Keller und dem Garagenausgang das Haus verlasse, dann sehen sie mich vielleicht nicht. Der Ausgang liegt direkt am Ein- und Ausgang des Supermarkts. Eine Telefonzelle würde ich im Vinzenz-Krankenhaus finden, was ja zwei Straßen weiter lag.

Genauso machte er es und kam nach seiner Meinung auch unbehelligt dort an.

»Hallo Herr Biesenbach, hier Reinhard Winkler. Was ist los, warum die Geheimniskrämerei? Es sei denn Sie glauben mir mit den Männern und wissen, dass ich beobachtet werde.«

»Herr Winkler. Wir haben in Ihrer Wohnung mehrere Wanzen gefunden und wollen den Männern die Sie verfolgen, eine Falle stellen. Dafür brauchen wir ihre und die Hilfe ihrer Frau. Sie hat schon zugesagt. Was ist mit Ihnen. Sind Sie dabei?«

»Was für eine Frage natürlich, was müssen wir, also meine Frau und ich tun?«

Der Kommissar erklärte Reinhard den Plan, um einige der Täter festzusetzen. Schon am nächsten Morgen sollte die Aktion starten.

»Bitte rufen sie gleich von ihrem Handy ihre Frau an. Bitte nicht zu viel über das oder jenes sprechen. Ihre Frau weiß was sie sagen soll. Und Sie auch, was Sie antworten sollen. Wenn alles klappt, ist der Spuk morgen für uns alle ausgespuckt. Viel Glück.«

»Danke. Wenn ich auch noch nicht weiß, was ich davon halten soll. Aber bitte, besser als darauf zu warten, dass die was machen. Auf Wiederhören.«

So wie er gekommen war, so ging er auch wieder nach Hause. Und auch auf dem Rückweg war er sich sicher, nicht beobachtet worden zu sein.

Nachdem er wieder bei Atem war, denn er hatte den Weg mit sehr schnellen Schritten zurückgelegt, nahm er sein Handy und rief Silke an.

»Hallo Silke, ich wollte mal hören, wie es dir und den Kindern geht?«

»Hier ist alles ok, mach dir keine Sorgen. Aber gut das du anrufst. Im Briefkasten habe ich eine Nachricht von einem Herrn Ullrich. Peter Ullrich. Der wohnt in der Achenbachstraße und hat ein Problem mit seinem Bett. Er sagt, es ist ihm zu klein, also zu kurz und ob es eine Möglichkeit gibt, das auszutauschen. Er würde sich auch an den Kosten beteiligen. Peter Ullrich auf der Achenbachstraße. Er wäre um 10.00 Uhr auf jeden Fall in der Wohnung. Meinst du, du kannst ihn morgen aufsuchen?«

»Ja, das wird klappen. Danke für deinen Hinweis. Mach`s gut und grüß mir die Kinder:«.
»Mach ich. Bis bald.«
Schon war das Gespräch beendet.

Als er am frühen Morgen das Haus verließ, sah er nirgends einen Wagen, also keine schwarze Limousine. Warum auch, sie wussten ja, wohin er wollte. Er stieg in seinen Wagen und fuhr in Richtung Grafenberg, zu der Wohnung, die er Aufsuchen sollte. Als er auf die Grafenberger Allee einbog, sah er, dass aus einer Seitenstraße ein Wagen sich hinter ihm einreihte. Dafür überholte er dort, wo eigentlich nur die Taxis fahren durften. Doch das scherte den oder die nicht, die im Wagen saßen.
Reinhard bog nun in die Achenbachstraße ein, die bis runter zum Zooviertel ging. Doch dieser Teil der Straße war eine Einbahnstraße.
Als er in diese Straße einbog, folgte kurze Zeit später auch die schwarze Limousine. Er begann zu grinsen.
So, nun sitzt du in der Falle. Mal sehen, was du dazu sagst, selbst verfolgt zu werden.

Reinhard fuhr bewusst nicht so schnell, so als suchte er nach der Hausnummer. Der Abstand zwischen ihm und dem Verfolger verringerte sich zwar, doch blieb der Wagen hinter ihm auf Abstand. So, als wollte er nicht zu nah an ihn rankommen.

Die Einbahnstraße endete gleich. Nun gab Reinhard Gas und fuhr aus ihr heraus. Kaum, dass er aus der Straße war, fuhr ein Wagen in die Straße hinein. Direkt auf die Limousine zu. Hinter ihm waren ebenfalls zwei Autos ganz nah aufgefahren. Aus allen drei Autos sprangen vermummte Männer und umstellten den Wagen. Ein Sonderkommando, was man an ihrer Ausrüstung und an ihren Waffen erkennen konnte.

»Hier spricht die Polizei. Öffnen sie die Fahrertür. Langsam! Und bleiben Sie im Wagen«, rief einer der Gesetzeshüter.

Die Polizisten konnten nicht in den Wagen hineinsehen, deshalb hatten alle Deckung genommen. Zu Recht, wie sich nur eine Minute später herausstellte. Denn aus dem Wagen kamen nun Schüsse. Schweres Kaliber, sie durchschlugen die Bleche der Karossen, hinter denen einige der Polizisten Deckung genommen hatten.

Die Beamten erwiderten sofort das Feuer und nach kurzer Zeit verstummten die Schüsse aus dem Wagen. Zwei Beamte näherten sich dem Wagen, der nun keine Scheiben mehr hatte. Vier Männer in schwarzer Kleidung und mit weißen, von Blut getränkten Hemden, saßen zusammengesunken in ihren Sitzen.

Reinhard, der seinen Wagen kurz nach der Einbahnstraße geparkt hatte, hörte den Schusswechsel und rutschte instinktiv in seinem Sitz etwas hinunter. Als er nichts mehr hörte, kam er wieder hoch und stieg aus. Vorsichtig schaute er zu dem Ort des Geschehens. Eine Menge von Leuten hatten die Fenster geöffnet und schauten auf die Straße hinunter.
Reinhard entschied sich, laut der Anweisung des Kommissars nicht zu der Limousine zu gehen, sondern stieg wieder ein und fuhr zu seiner Frau. Der Beamte hatte ihm das im Vorfeld so eingebläut. Er solle auf keinen Fall in sein Apartment zurückkehren. Sie würden sich melden, sobald sie einen Überblick haben. Das könnte aber dauern, je nachdem wie die Aktion verläuft.

Die Beamten sicherten das Gelände ab, und auch die neugierigen Leute wurden aufgefordert, ihre Fenster zu schließen. Die Leichen wurden abtransportiert und die Spurensicherung nahm ihre Arbeit auf. Bis in den Nachmittag dauerte diese Arbeit an.
Als Reinhard zuhause klingelte, er hatte zwar noch einen Schlüssel, wollte aber nicht so einfach

eintreten, kam Silke an die Tür. Sie nahm ihren Reinhard in den Arm und drückte ihn ganz fest an sich.

»Schön dass du da bist. Bitte verzeih mir. Ich war blind und habe dich für verrückt gehalten. Doch es ist alles wahr, was du mir gesagt hast. Bitte verzeih mir.«

»Es ist schon gut, war ja auch fast eine Räuberpistole. Dass was ich eben erlebt habe, gibt es sonst nur samstags im Tatort.«

»Komm erst mal rein. Kinder, euer Papa ist wieder da. Kommt doch mal runter«, rief sie nach oben.

Beide Kinder stürmten bei dieser Nachricht die Treppe herunter und die kleine Vanessa fragte den Papa.

»Bleibst du denn jetzt wieder hier?«

Reinhard schaute zu Silke und die sagte.

»Ja, Papa bleibt jetzt wieder hier. Wir sind uns jetzt nicht mehr böse. Alles ist gut.«

»Juchhe, dann sind wir wieder eine große Familie«, jubelte die Kleine und ihre Schwester lachte vor Freude.

Reinhard hatte mit den Tränen zu kämpfen, als er Vanessa das sagen hörte. Auch Silke war den Tränen nahe.

»Geht wieder nach oben, ich rufe euch, wenn es Abendbrot gibt und du Reinhard setz dich doch ins Wohnzimmer. Du hattest ja was zu erzählen.«

169

Das tat er dann auch kurze Zeit später. Silke konnte das alles kaum glauben, tat sie aber, hinsichtlich der Dinge, die bis dahin passiert sind.

»Du hast gesagt, es waren fünf, die im Gerichtssaal? Wie viel haben sie denn davon erwischt?«

»Das weiß ich nicht. Ich war zu weit weg. Und hingehen wollte ich nicht, der Kommissar hatte ja auch gesagt, dass ich sofort hierher fahren soll. Er würde sich melden.«

»Dann lass uns warten, bis sie sich melden. Morgen holst du deine Sachen aus der anderen Wohnung und wir überlegen, wie wir aus den Schulden herauskommen. Ich freue mich, dass du alles gut überstanden hast mein Liebster.«

»Ob wir alles überstanden haben, weiß ich noch nicht. Ein Anfang vom Ende ist es aber schon.«

Fragt sich nur für wen, dachte er, sagte aber nichts.

An diesem Abend rief keiner mehr an. Doch schon am nächsten Morgen meldete sich der Kommissar. Gab kurze Hinweise über die Lage und erwähnte, dass heute Morgen noch ein Monteur kommt, um die letzte Wanze zu entfernen.

Reinhard sollte, wenn es geht, die nächsten zwei Tage das Haus nicht verlassen, bis sie Näheres über den fünften Mann wissen. Sollte jemand im Park oder mit einem schwarzen Auto auftauchen, sollte er sofort die Sonderkommission verständigen. Die Nummer hatte er durchgegeben.

Auch Ingrid wartete auf einen Anruf. Doch der kam nicht. Sollte sie zu ihrem Schwager gehen und nachfragen?
Nein, entschied sie für sich. Er hatte ihr ausdrücklich verboten, in den nächsten Tagen Kontakt zu ihm aufzunehmen. Er würde sich melden, sobald die Sache beendet sei.
Sie ging in ihr Gebetszimmer und betete dort für einen schnellen Abschluss, damit sie bald zu Daniel reisen könnte.

Den fünften Mann zu finden stellte sich schwieriger dar, als gedacht. Die Männer im Auto hatten zwar alle Papiere dabei, doch die waren gefälscht. Name und Adressen hatten Fantasienamen. Die Fahrzeugpapiere gehörten zu dem Auto, doch dies existierte laut litauischerer Auskunft nicht. Sackgasse auf allen Ebenen.
Lediglich die Schlüssel, die man bei den Männern fand, brachten sie ein wenig weiter.
Es waren Hotelschlüssel. Also eine einfache Sache. Alle Hotels anrufen und nachfragen, bei wem vier Männer in schwarzer Kleidung fehlten. Und doch,

es war ein Ansatz. Eine junge Beamtin bekam diese Aufgabe und fragte bei jedem Hotel nach, ob hier 4 oder 5 Männer mit russischem Akzent, schwarzer Kleidung untergebracht waren.

Zwei Tage später und sie hatte Erfolg. Hotel drei Zacken in Ratingen bestätige der Beamtin, das hier fünf Leute, fünf Zimmer gemietet haben, die der Beschreibung nahekommen.

Da die Sonderkommission übergeordnet arbeitete, wurde die Ratinger Polizei erst informiert, als die Beamten das Hotel umstellten. Die Rezeptionistin erklärte dem Einsatzleiter, wo sich die fünf Zimmer befanden, bevor sie das Haus verlassen musste. Auch sonstige Gäste und Personal wurden evakuiert. Dann ging alles sehr schnell und die Beamten stürmten die Zimmer.

Doch der fünfte Mann blieb verschwunden. Weitere Schusswaffen und Papiere wurden sichergestellt.

Der Kommissar berichtete wieder nur kurz, Herrn Winkler, dass sie den fünften Mann noch nicht festsetzen konnten. Er weiter aufpassen sollte und sich nicht unnützerweise in Gefahr begeben. Also den Mann im Park ruhig rauchen lassen und nicht zu ihm hingehen.

Und er sollte er sofort die Sondernummer wählen, wenn ihm was auffällt.

Reinhard versicherte dem Kommissar das alles zu beachten.

Nach dem Telefonat sprach Silke mit ihrem Mann.

»Übrigens, die Versicherung von Frau Born hat uns ein Angebot gemacht. Sie wollen Dreißigtausend Euro zahlen, wenn wir von einer Klage absehen. Was hältst du davon?«

»Wäre es nicht gut, wenn wir damit die Sache beenden könnten?«

»Ja, das sehe ich jetzt auch so. Ich habe die Papiere für dich vorbereitet. Du musst sie nur noch Unterschreiben. Sie würden das Geld sofort nach Erhalt des Schreibens überweisen.«

»Dann machen wir das auch so. Ich will das alles hinter mir lassen.«

»Ja, aber so ganz ist die Geschichte ja noch nicht zu Ende.«

Ein paar Tage später überrascht Reinhard seine Kinder mit einer Einladung in ein Spaßbad. Silke hatte dazu keine Lust, deshalb fuhren die drei alleine. Die Mädchen freuten sich und waren guter Dinge. Schon lange hatten sie nichts mehr mit ihrem Papa unternommen. Die Kinder machten schon Pläne, welche Rutschen sie benutzen wollen. Die Badetaschen waren schnell gepackt und im Auto verstaut. Reinhard verabschiedete sich von Silke und wünschte ihr einen schönen ruhigen Tag. Sie würde auch baden, aber gemütlich in der Badewanne, erklärte sie gutgelaunt.

Reinhard sah in seinem Rückspiegel einen schwarzen Wagen. Nicht direkt hinter ihm, aber zwei Wagen weiter, sah er ihn immer wieder mal leicht ausscheren, so als wollte der Fahrer sehen, ob Reinhard noch vor ihm ist. Die Strecke zum Bad führte ihn durch den Rheintunnel. Eine andere Strecke jetzt zu wählen wäre sehr umständlich. Das Handy im Tunnel zu benutzen wäre nicht nur sinnlos, sondern auch sehr gefährlich. Er entschloss sich, nach dem Tunnel rechts ranzufahren, um dann die Sondernummer zu wählen. Auf halber Strecke überholte ihn der Wagen und setzte ich vor ihm. Der Wagen drosselte die Geschwindigkeit und zwang auch Reinhard den Wagen abzubremsen. Die Autos hinter ihm überholten nun nach und nach die langsame Kolonne. Nur ein Sattelschlepper blieb bedächtig hinter ihm. Ein zweiter Sattelschlepper überholte ihn dann doch. Die Limousine gab Gas und macht dem Sattelschlepper platz, so dass er sich nun vor Reinhard einreihen konnte. Er befand sich nun genau zwischen diesen beiden schweren LKWs. Ein mehr als ungutes Gefühl kam bei ihm auf. Angst machte sich breit. Er sagte den Kindern aber nichts. Forderte sie aber auf, ein wenig ruhiger zu sein, da er sich dann besser auf den Verkehr konzentrieren könnte. Ausscheren war ihm nicht möglich, da die Laster zu nah an ihm dran waren und auf der Überholspur ein Auto

174

hinter dem anderen fuhr, um ihn und die beiden LKWs zu überholen. Als er es mal versuchte, zeigte der hinter ihm fahrende LKW dem vorderen mit der Lichthupe, dass er ausscheren wollte. Sofort bremste der dann ab. Bei dem kurzen Ausscheren hatte Reinhard die Limousine gesehen, die vorwegfuhr.

Reinhard atmete tief durch, seine Finger krallten sich am Lenkrad fest.

In wenigen Minuten würde der Tunnel zu Ende sein und da wäre vielleicht eine Gelegenheit sich aus dieser gefährlichen Lage zu befreien.

Doch kurz nach dem Tunnel bremste der vordere Lastwagen voll ab. Reinhard konnte nicht so schnell bremsen. Damit hatte er natürlich nicht gerechnet. Sein Wagen krachte mit mehr als 40 Stundenkilometer in den Sattelschlepper. Sein Dach wurde abgerissen und der Wagen ein wenig unter den Sattelschlepper gequetscht. Der Wagen hinter ihm fuhr, ohne abzubremsen, auf den Wagen von Reinhard auf und zermalmte ihn regelrecht. Nachdem alle Autos zum Stehen kamen und der gesamte Verkehr lahmgelegt war, stiegen die beiden Fahrer aus und schauten kurz in den Wagen von Reinhard.

Das, was sie sahen, erfreute sie. Die Männer rannten nun zu der wartenden Limousine. Schnell fuhr diese davon, als sie eingestiegen waren. Sie störte es nicht, dass links und rechts noch mehrere Autos beschädigt waren. Auch ihr Fahrzeug war zwar beschädigt, doch es konnte wegfahren. Mit quietschenden Reifen entfernte es sich.

Den Ersthelfern bot sich ein schreckliches Bild. Reinhard wurde der Kopf abgetrennt, als er unter den LKW geriet. Die Kinder wurden durch den hinteren Laster auf ihren Sitzen zerquetscht.
Hier gab es nichts mehr zu retten.
Die herbeigerufenen Notärzte konnten nur noch den Tod der Insassen feststellen.

Der Anruf von ihrem Schwager war wie eine Erlösung.
»*Die Sache ist erledigt. Allerdings sind auch die Kinder von Herrn Winkler dabei umgekommen. Den Umschlag bitte in den Briefkasten werfen. Mach`s gut und Grüße mir den Daniel.*«
Ingrid jubelte.
Da wird die Frau merken, was es heißt, sein Kind zu verlieren. Dass sie dadurch beide verloren hat, ist tragisch. Aber auf Einzelschicksale kann man nicht immer Rücksicht nehmen, war alles, was sie über den Tod der Kinder dachte.

Ingrid machte sich schnell fertig. Ihre Freude war überschwänglich. Zuerst fuhr sie zu ihrem Schwager und warf den Umschlag mit der zweiten Zahlung in seinen Briefkasten. Danach fuhr sie zum Grab ihres Sohnes und versprach ihm, dass sie bald bei ihm sein wird.

»Mein liebster Daniel. Mama kommt jetzt zu dir. Nur noch wenige Stunden und wir spielen wieder zusammen. Ich werde dich auch nicht mehr treiben. Du darfst solange spielen, wie du magst. Freust du dich, deine Mama wiederzusehen? Ja, bestimmt tust du das. Bis bald mein kleiner Sonnenschein, mein kleiner Liebling.«

Zuhause angekommen, zog sie sich aus und legte sich in die Wanne. Sie trank mehrere Gläser vom besten Champagner und ließ ihre CD mit den Trauerliedern spielen, bevor sie sich die Pulsadern aufschnitt. Sie sah ihr Blut aus den Schnitten pulsierend austreten und merkte, wie ihre Sinne schwanden. Wie ihr Blick trübe wurde und wie das Herz immer langsamer schlug.

»Daniel, ich komme«, waren ihre letzten Worte, bevor sie ein letztes Mal atmete.

Den beiden Polizisten wurde eine Aufgabe zuteil, die niemand ausführen möchte. Eine junge Polizistin und ein älterer, erfahrener

Hauptwachtmeister. Der hatte zwar schon Erfahrung mit solchen Aufgaben, doch es war immer ein Moment des Grauens.

Als er klingelte, atmete er noch einmal tief durch. Als Silke die Tür öffnete, nahm er seine Dienstmütze ab. Auch die Polizisten tat es.

»Frau Silke Winkler?«

»Ja, das bin ich, was ist los? Ist was passiert?«

»Ja, können wir reinkommen?«

Silke öffnete die Tür nun vollends und ließ die beiden eintreten.

Kaum, dass der Beamte begann ihr mitzuteilen, dass etwas mit ihrem Mann und ihren Kindern passiert ist, fing Silke an zu schreien.

»Nein! Nein! Das darf nicht sein! Bitte sagen sie mir, dass es nicht stimmt! Nicht stimmen kann!.«

Doch der Beamte berichtete über den tragischen Unfall mit dem Hinweis, dass sie mit solchen Nachrichten keine Späße trieben.

Silke war der Ohnmacht nahe und nur der Aufmerksamkeit des Polizisten ist es zu verdanken, dass sie nicht zu Boden stürzte. Er schaffte es, Silke noch rechtzeitig abzufangen und in einen Sessel zu manövrieren.

Der Beamte gab seiner Kollegin zu verstehen, dass sie einen Arzt rufen sollte, der die Frau gleich betreuen sollte.

Nach und nach faste sich Silke und fragte nach, wo die Kinder und Reinhard hingebracht wurden. Und weiter, wie es zu dem Unfall kommen konnte.

Der Beamte erzählte ihr, dass sie nicht von einem Unfall ausgehen, sondern von einem heimtückischen Mord. Alles deutete darauf hin, dass es wohl die gleiche Gruppe von Leuten war, die Herrn Winker schon einmal umbringen wollten. Nun hatten sie es geschafft und gleich die Kinder mit getötet. Ob dies Absicht war, könne er nicht beurteilen. Da müsste man die nächsten Untersuchungsergebnisse abwarten. Er glaubte aber, dass es ein tragischer Zufall war, dass die Kinder auch im Wagen saßen.

Als der Arzt eintraf und sich um Silke kümmerte, verließen die beiden Beamten das Haus.

Ein Haus, in dem es in Zukunft wohl sehr leise sein wird.

Jürgen hatte sich vorgenommen, mit Ingrid über eine Scheidung zu sprechen. Da sie nicht ans Telefon ging, fuhr er zu ihr. Er wollte die

Gelegenheit nutzen, und weitere Sachen von sich einzupacken, ohne das Ingrid ihm dabei zusah und ihm »wertvolle Hinweise« erteilte.

Als er das Haus betrat, wunderte er sich, dass die Haustüre nicht abgeschlossen war.

Ob sie doch da ist, fragte er sich und ging ins Haus.

Er wunderte sich, dass überall Licht brannte und auch einige Kerzen aufgestellt waren.

Jürgen rief nach Ingrid, doch er bekam keine Antwort. Langsam ging er die Treppe hoch. Ein mulmiges Gefühl überkam ihn. Warum wusste er nicht, doch er fing an, das Haus nach ihr zu durchsuchen. Im Bad wurde er dann fündig. Sofort sah er, dass Ingrid sich die Adern aufgeschnitten hatte. Er fühlte ihre Halsschlagader und stellte fest, dass sie Tod war.

Ohne weiter nachzudenken, griff er zum Telefon und rief die 112 an. Dem Mann am anderen Ende der Leitung schilderte er die Situation.

Dann hat sich das mit der Scheidung ja wohl erledigt. Ingrid, so hatte ich mir das Ende unserer Ehe aber nicht vorgestellt, doch vielen Dank. Das erleichtert mir die Sache natürlich und das Haus werde ich auch behalten. Lebwohl, Ingrid.

Er ging aus dem Badezimmer und nach unten und wartete auf den Krankenwagen, der aber ein Leichenwagen sein sollte.

Der Kommissar gab sofort eine Fahndung raus, doch die blieb ohne Erfolg. Die Limousine wurde zweit Tage später auf einem Parkdeck des Flughafens entdeckt. Von den Männern natürlich keine Spur. Die beiden Sattelschlepper waren von einer Spedition für Straßenbau, drei Tage vor der Tat gestohlen worden. Wo sie in der Zwischenzeit versteckt waren, wo sich die Männer aufhielten und wie das alles zusammen hängt, waren Aufgaben, mit denen sich Kommissar Biesenbach noch lange beschäftigen muss.

Jürgen sah auf dem Kontoauszügen seiner Frau, das sie in den letzten Wochen und Tagen, mehr als 150.000 Tausend Euro abgehoben hatte. Dem Bankfachmann hatte sie erzählt, dass sie sie sich teuren Schmuck kaufen wollte. Dem Angestellten der Bank fiel somit nichts weiter auf und zahlte ihr selbstverständlich die Summen aus.
Doch wofür hatte sie das Geld wirklich verwendet, wollte Jürgen wissen.
Zuhause durchsuchte er das Haus nach diesem Bargeld. Fand aber nichts, deshalb informierte er den Kommissar, da er schon lange vermutete, dass Ingrid mit seinem Schwager was ausheckte.

Die Vernehmung des besagten Schwagers brachte keinen Erfolg. Er und seine Frau haben lediglich mal zusammen Kaffee getrunken, Kuchen gegessen oder auch schon mal ein Glas Wodka zusammen getrunken. Verwandtschaftsbesuche, nichts weiter.

*

Silke nahm Abschied von ihrer Familie und besprach danach mit der Bank, wie sie die Schulden abbauen könnte. Weil Reinhard eine gute Lebensversicherung für sich und auch für die Kinder abgeschlossen hatte, war die Bankbelastung nicht mehr allzu hoch.

»Nun hast du mit deinem Tod das größte Geschäft getätigt«, sagte sie, als sie anfing, die notwendigen Buchungsvorgänge zu ordnen.

Michael Schönberg wurde 1955 in Düsseldorf geboren. Schon von klein auf erzählte er Geschichten und unterhielt die ganze Familie und Freunde. Auch in seinen Berufen, Maschinenbaumeister und später als Logistikleiter, konnte und musste er seine Kreativität einsetzen, um Problemlösungen zu entwickeln. Als sich das Ende der beruflichen Karriere abzeichnete, setzte er diese Gabe in Wort und Schrift um. So entstand sein erster Roman "Blond ja. Dumm nein." (In einer Neuauflage heißt das Buch: Steffi & Yvonne. Zwei Gesichter einer Frau.)

Veröffentlichungen

2014 »Blond ja. Dumm nein«, ein Liebesroman

2015 »Michaels Kurzgeschichten«

2015 Mitautor bei der Trilogie »Jedes Wort ein Atemzug« vom Karina Verlag

2016 »Für die Liebe ist man nie zu alt«, ein erotischer Liebesroman

2016 »Farbspiele « 10-teilige Anthologie vom Karina Verlag

2017 »Haifischjagd-Köder gesucht«, ein Thriller

2017 »Die Dunkelheit« ein Thriller

2017 »Die Zombie Maske« ein Horror Roman

2018 »Flugsi und seine Abenteuer«, ein Kinderbuch

2018 »Tsunami der Kinder«, ein Thriller

2018 »Deine Schuld wird nie vergessen« ein Psycho- Thriller.

2020 »Michas Bunte Geschichten«, Kurzgeschichten

2020 »Wenn die Seele sich verdunkelt« Krimi

2021 »Gefahr am „Grünen See«, Kriminalroman

MICHAEL SCHÖNBERG

Wenn die

Seele

sich verdunkelt

Oberrather Krimi

Hubertus lebt mit seiner Frau Sigrid in deren Haus in Düsseldorf Oberrath. Seine Kochkünste und auch seine „Standhaftigkeit" waren die Hauptgründe für die reiche Sigrid den leicht gestrickten Elektriker zu heiraten. Das Paar führt eine offene Beziehung, allerdings mit klaren Regeln und Vereinbarungen. Diese bricht Sigrid schamlos und Hubbi, wie er liebevoll von seiner Frau genannt wird, sinnt auf Rache.

Ein mörderischer Plan entsteht in seinem Kopf und es bedarf einige Vorbereitungen, um ihn auszuführen.

Je mehr Zeit vergeht, umso dunkler wird seine Seele und eine innere Stimme treibt ihn an und drängt zum Handeln.

Geht der Plan von Hubertus auf? Wird er „seine Siggi" beiseiteschaffen, um ihr Vermögen zu erben? Gibt es das perfekte Verbrechen? Wird es ein Fall für den Düsseldorfer Kommissar Biesenbach?

MICHAEL SCHÖNBERG

Gefahr am "Grünen See"

Oberrather Krimi

Ein Rentnerehepaar beobachtet, wie Enten in dem „Grünen See" tauchen. Eigentlich nichts Ungewöhnliches, doch wie die Enten untertauchen erscheint den beiden mehr als merkwürdig.

Bei der jährlichen Zählung des Tierbestandes am See wird festgestellt, dass die Zahl bei Enten und Gänsen drastisch gesunken ist.

Sollte hier wieder ein Wilddieb seine Speisekammer gefüllt haben?

Die Coranamaßnahmen und die daraus folgende Schließung des Restaurants trifft Sascha wie ein Hammer. Denn nun bekommt er für seine exotischen Tiere die täglich anfallenden Essensabfälle nicht mehr.

Eine Lösung muss her!

Wird es am Ende wieder ein Fall für Hauptkommissar Biesenbach?